Arthur Bornstein

Der Theaterarzt, und andere Humoresken

Arthur Bornstein

Der Theaterarzt, und andere Humoresken

ISBN/EAN: 9783743334489

Hergestellt in Europa, USA, Kanada, Australien, Japan

Cover: Foto ©Andreas Hilbeck / pixelio.de

Manufactured and distributed by brebook publishing software (www.brebook.com)

Arthur Bornstein

Der Theaterarzt, und andere Humoresken

Der Theaterarzt

und

andere Humoresken.

Von

Arthur Bornstein.

Leipzig.

von Philipp Reclam jun.

Der Theaterarzt.

„Aber lieber Freund," wagte ich nach einem halben Dutzend schüchterner Versuche etwas energischer einzuwenden, „ich bin doch kein Arzt, und wie kann ich als Ingenieur —"

„Papperlapapp," unterbrach er mich aufgeregt, „du mußt, du mußt, und zum drittenmal du mußt, dirissima necessitas! Verstehst du; oder soll ich mir vielleicht wegen dieses lumpigen Theaters den ersten großen chirurgischen Fall in meiner Praxis entgehen lassen?!"

Bei dieser für ihn anscheinend an die höchste Potenz des Unmöglichen grenzenden Vorstellung ging dem Sprechenden vor Aufregung die Luft aus; die Stimme schnappte über — er mußte notgedrungen einige Augenblicke ausruhen, um Atem zu holen.

Ich benutzte diese günstige Gelegenheit:

„Aber könnte nicht einer deiner Kollegen —"

Er hatte wieder Luft. „Mensch, willst du mich morden?! Woher nehmen und nicht stehlen?! Mein dienstbarer Geist ist bereits überall bei den Kollegen herumgeschwirrt, natürlich keiner zu Hause, und jemand muß kontraktlich auf dem Platze sein, unbedingt! Ich sage dir, ich war der Verzweiflung nahe! Nun kommst du mir wie vom Himmel geschickt und wirst dich doch jetzt nicht im Ernste weigern, mir den Gefallen zu thun —"

Während dieser im Brustton der Überzeugung gehaltenen Rede hatte mein Freund, der junge Doktor Fischer, die letzten notwendigen Instrumente zusammengesucht und sie in eine anscheinend besonders dazu eingerichtete Tasche verpackt. Jetzt riß er die Thür zu seinem Wartezimmer auf und übergab die Tasche einem dort in großer Erregung harrenden Dienstmädchen.

„Ah, fast hätte ich die Hauptsache vergessen, hier ist die Einlaßkarte für dich, sonst würdest du ja gar nicht hineinkommen; brillanter Platz übrigens! Und nun hab' dich nicht so zimperlich," fügte er, als ich immer noch zögerte, hinzu, „in dem Theater ist ja seit Jahren niemand krank geworden, also wird gerade heute auch nichts passieren. Wenn übrigens wirklich etwas vorkommen sollte, so magst du immer nach einem zweiten Arzt schicken, oder du läßt den Patienten mit einer Droschke ins nächste Krankenhaus fahren. Wenn aber bloß jemand übel wird, weil's zu heiß ist oder wegen der schlechten Luft, die heute natürlich in dem vollgepfropften Theater sein wird, na, da läßt du ihn einfach an die frische Atmosphäre befördern und spritzest ihm kaltes Wasser ins Gesicht; kannst ihn auch mal Salmiak oder Essig riechen lassen. Du hast ja einen Samariterkursus mitgemacht, da weißt du ja um so besser Bescheid! Wenn ich früh fertig sein sollte, komme ich noch nach und erlöse dich. Sonst treffen wir uns nachher im Café Bauer, damit du mir erzählst, wie's gegangen! Adieu, besten Dank im voraus; also ich verlasse mich auf dich, adieu!" Und fort war er.

Ich sah nach der Uhr; wenn ich hin wollte, war es die höchste Zeit. Entschlossen eilte ich zum nächsten Droschkenhalteplatz. Die letzten Bedenken schwanden vor dem Bewußtsein, meinem Freunde einen großen Dienst zu leisten.

„Kutscher, nach dem Opernhause! Aber schnell, ich muß zum Anfang da sein!"

Alea est jacta!

* * *

Der erste Akt von Tristan und Isolde war vorüber. Wieder und wieder wurde die gefeierte Primadonna von dem begeisterten Publikum gerufen. Endlich verstummten auch die eifrigsten Beifallklatscher allmählich. Ich erwachte wie aus einem Taumel, wahrhaftig, ich hatte ganz vergessen, daß ich heute nicht als Privatmann im Theater war, sondern die hochwichtige Stelle eines Theaterarztes auszufüllen hatte. Im Anfang war mir doch recht schwül zu Mute und ich wirklich nahe daran gewesen, umzukehren, als mich der Thürschließer, nachdem er meine Einlaßkarte gesehen, mit tiefem Bückling begrüßte.

„Ihr Diener, Herr Doktor, da vorn, gleich rechts ist Ihr Platz!"

Wenn jemand etwas lauter sprach, oder wenn ein Sitz mehr als gewöhnlich klappte, fuhr ich schreckhaft zusammen. Doch allmählich, als sich so gar nichts ereignete, kehrte meine Ruhe zurück, und als der erste Akt und auch der Zwischenakt glücklich vorüber waren, fühlte ich mich schon ziemlich sicher.

Eben wollte die Primadonna mit ihrem Gesang im zweiten Akt beginnen, da, ein leiser Aufschrei, dem sofort ein stärkerer folgte; unwillig sieht man sich nach der Störung um, einzelne erheben sich ängstlich von ihren Stühlen, das Spiel auf der Bühne stockt. Unheil ahnend war ich bei Beginn der Unterbrechung aufgesprungen.

Da naht auch schon der Theaterdiener.

„Herr Doktor, bitte schnell nach der anderen Parkettseite, eine junge Dame ist ohnmächtig geworden."

Mit der dumpfen Ergebung, die ein zum Hängen Verurteilter auf dem Wege zum Richtplatz haben muß, ging ich zu dem Orte des Unheils.

Ein junges Mädchen lehnte bleich mit geschlossenen Augen in dem Parkettsitze, umringt von einer Schar Theaterbediensteter und neugieriger Zuschauer. Über sie gebeugt, versuchte eine ältere Dame, ihre Mutter, die Ohnmächtige mit Liebkosungen wieder ins Leben zurückzurufen.

„Wir wollen die Kranke, wenn Sie es gestatten, aus dem Zuschauerraum entfernen," schnarrte der Polizeilieutenant, der nunmehr höflichst hinzutrat. Ein Schreck durchfuhr mich, als ich die Uniform erblickte, im ersten Augenblick dachte ich, der Beamte wolle mich verhaften; ja, das böse Gewissen!

„Ja wohl," sagte ich mit möglichster Würde, „bitte, lassen Sie die Kranke schleunigst hinausbringen, am besten ist es, wenn uns niemand folgt!" Ich wollte aus mehr als einem Grunde möglichst wenig Zeugen haben.

Zwei Theaterdiener faßten die Kranke unter die Arme, die Mutter unterstützte sie, und vorwärts begab sich der kleine Zug, den ich ernst und würdig schloß.

In einem abgelegenen Zimmer betteten wir die Kranke auf ein Sofa. Ich riß die Fenster auf. Die „frische Atmosphäre" meines Freundes.

„Bringen Sie mir schnell kaltes Wasser," wandte ich mich an den Diener.

„Ja wohl, sofort!"

In meiner Ratlosigkeit faßte ich wieder nach dem Puls des jungen Mädchens. Dem Himmel sei Dank, er schlug, soviel ich das beurteilen konnte, sogar ganz regelmäßig. Mein Samariterkursus kam mir trefflich zu statten.

Kaum hatte ich die Kranke mit dem kalten Wasser besprengt, als sie auch rascher zu atmen begann, die Augenlider zuckten, die Wangen röteten sich, und leise tönte es von ihren Lippen: „Wasser! Wasser!"

Schnell flößte ich ihr den Rest des vorhandenen ein.

Die Mutter geriet vor Freude außer sich, fast hätte sie mich umarmt. Mein schneller Erfolg, den ich wohl größtenteils der frischen Luft zu verdanken hatte, machte mich sicherer.

„Bringen Sie mir nun schnell etwas Salmiakgeist," wandte ich mich an den dienstbaren Geist, „wenn er zu haben ist, oder etwas Eau de Cologne."

„Sofort."

Ich glaubte, das Schwerste überstanden zu haben, aber weit gefehlt! Allerdings kam das Unheil von einer anderen Seite her; als ich ahnen konnte.

Die Kranke seufzte tief auf und faßte nach ihrer, wie ich jetzt bemerkte, äußerst schmalen Taille.

„Herr Doktor," wandte sich die Mutter zögernd zu mir, „soll ich vielleicht meiner Tochter das Korsett aufmachen?" Mit leichtem Erröten fügte sie hinzu: „Ich glaube, sie ist etwas eng geschnürt."

Heiliger Brahma, das war das richtige; aber durfte es in meiner Gegenwart geschehen? Mich schüttelte es ordentlich, aber lange Zeit blieb mir vor dem fragenden Blick der Mutter nicht, immer weiter ging's auf der Bahn des Verderbens.

Da — ein rettender Gedanke.

„Jawohl, das wird sehr zweckmäßig sein; wenn Sie es wünschen, kann — ich mich ja so lange herumdrehen."

Ein verwunderter Blick der Dame traf mich; ein so schüchterner Arzt war ihr noch nicht vorgekommen.

Ich drehte mich dem Fenster zu und lehnte meinen Kopf an die Scheiben.

„Ach, Herr Doktor, seien Sie doch so gut, mir etwas zu helfen, ich bekomme es wirklich nicht allein auf, es ist zu fest!" tönte plötzlich, wie die Posaunen des jüngsten Gerichts, die Stimme der Mutter mir in die Ohren.

Heiliger Himmel, wenn ich jetzt zauderte, war ich verloren. Mit der größten Ruhe der Verzweiflung wandte ich mich um und — — half.

Ich mag mich ungeschickt genug bei dem ungewohnten Werke angestellt haben, aber es gelang.

Ich atmete tief auf — meine Patientin ebenfalls. Sie erholte sich jetzt sichtlich und schlug nach wenigen Atemzügen die Augen auf.

Die Augen auf! Wie sich das so einfach, so unbedeutend anhört. Aber was für Augen!

Groß und tiefblau schauten sie unter der weißen, schön gewölbten Stirn mit eigenartigem Glanze zu mir auf! Und wunderbar war's anzusehen, wie in den ängstlich fragenden

Blicken allmählich das Verständnis aufdämmerte, wie die Erinnerung zurückkehrte, bis sie plötzlich, ihres augenblicklichen Zustandes sich bewußt werdend, tief errötend aufsprang und sich ihrer Mutter in die Arme warf.

Ich wollte mich entfernen, meine Hilfe war ja nicht mehr nötig!

Aber die beglückte Mutter ließ mich, „den Lebensretter ihres Kindes," nicht so ohne weiteres los.

„Sie werden uns doch Ihren Namen nennen, damit wir wenigstens wissen, wem wir zu danken haben!"

Es sauste und brauste mir vor den Ohren! Also auch noch Namensfälschung, denn meinen Namen konnte ich doch unmöglich mit einem „Doktor" davor nennen.

„Mein Name ist — Doktor Fischer."

„Sehr angenehm, und nicht wahr, mein lieber Herr Doktor, Sie sind doch so liebenswürdig, morgen noch einmal nach Ihrer Patientin zu sehen? Das Kind hat noch niemals an solchen Zufällen gelitten. Nicht wahr, Herr Doktor, Sie kommen?!"

Meine Zustimmung vermochte ich nur durch eine stumme Verbeugung auszudrücken.

Früher hatte ich mich immer für einen leiblich anständigen Menschen gehalten, besonders mit der Wahrheit hatte ich's immer sehr genau genommen. Und jetzt? Innerhalb einer Viertelstunde war ich zum Lügner, zum Namensfälscher, ja zu noch Schlimmerem geworden! Und doch schritt ich, innerlich geknickt, aber hoch erhobenen Hauptes auf meinen Platz im Zuschauerraum zurück, beantwortete die Fragen meiner Nachbarn mit voller Kaltblütigkeit, „von der Höhe meines medizinischen Standpunktes herab", als ob ich mindestens täglich eine ohnmächtige Dame wiederzubeleben hätte.

Die Primadonna sang noch immer, aber ich hatte kein Interesse mehr für dieselbe, beständig drängten sich meiner Erinnerung ein Paar blaue Augen auf.

Eine halbe Stunde nach dem Theater, wo „meine ärztliche Kunst" glücklicherweise nicht noch einmal auf die Probe gestellt worden war, saß ich meinem Freunde im Café gegenüber. Er wollte sich ausschütten vor Lachen über „meine medizinischen Erfolge".

„Na, dich hätte ich sehen mögen, wie du die ‚Patientin' hinausschaffen ließest, und erst, wie ihr gemeinsam das Korsett — schon gut, schon gut, ich höre schon auf — jedenfalls meinen allerherzlichsten Dank für die schneidige Vertretung, lieber Kollege."

„Laß deine schlechten Witze, sag' mir lieber, wie ich mich aus der Affaire ziehen soll wegen des morgigen Besuches."

„Aber nichts leichter als das; morgen gehe ich eben hin und sage, daß du aus irgend einem beliebigen Grund verhindert seist; ich kann dich ja z. B. verreisen lassen, ein Großonkel von dir kann ja krank geworden sein und will nur von seinem berühmten Neffen=Arzt geheilt werden."

Ich schöpfte schweigend die Schlagsahne ab, die auf meiner Melange herumschwamm.

„Gefällt dir das nicht?! Ja, weißt du, wenn du etwa die schönen blauen Augen, von denen du mir vorhin in so verdächtiger Weise vorgeschwärmt, gern wiedersehen —"

„Du bist heute ungenießbar, lieber Fischer! Übrigens gehe du morgen nur hin und sage, was du willst!" — Ich werde sie niemals wiedersehen — wollte ich mit Pathos hinzusetzen, verschluckte es aber glücklich noch zur rechten Zeit; man kann einem so gerissenen Mediziner gegenüber wirklich gar nicht vorsichtig genug sein.

„Damit ist die Sache nun wohl endgültig erledigt," fuhr ich fort; „die Sucher sang großartig," versuchte ich das Gespräch in harmlosere Bahnen zu lenken.

Es gelang mir aber schwerlich, ihn von meiner „Harmlosigkeit" zu überzeugen, so ein verflixter Pillenverschreiber sieht einem auch gleich durch und durch!

* * *

Zwei Tage hatte ich es ausgehalten, zu Hause zu bleiben. Zu einer geregelten Arbeit war ich aber nicht gekommen, beständig sah ich auf dem weißen Papier, das ich für die Risse zu einem Brückenbau bestimmt hatte, das süße Gesichtchen meiner „Patientin" vor mir, und als ich mich einmal energisch aufzuraffen beschloß, ertappte ich mich sehr bald bei einem — kläglich mißlungenen — Versuche, die mandelförmigen blauen Augen mit Blaustift nachzuzeichnen.

Am zweiten Tage fand ich mich bei meinem Freunde wieder ein. Ich kramte scheinbar völlig gleichgültig unter den auf seinem Schreibtisch aufgestapelten Gegenständen herum, besah mir mit gelangweilter Miene die Titel seiner Bücher, die ich längst kannte, und gab mir Mühe, mir über möglichst fernliegende Dinge Fragen auszudenken.

Mein Freund amüsierte sich köstlich, er ließ mich aber nicht lange zappeln.

„Interessierst du dich denn gar nicht, zu hören, wie mein gestriger Besuch ausgefallen ist?"

„Welcher Besuch denn?" fragte ich mit einer Gleichgültigkeit, auf die ich mich während der verflossenen zwei Tage sattsam vorbereitet hatte. Ich erschrak ordentlich über meine Fortschritte im Heucheln, die ich seit dem verhängnisvollen Abend gemacht hatte.

„Verstelle dich doch vor einem alten Freunde nicht: mein Besuch bei unserer gemeinschaftlichen Patientin mit den schönen blauen Augen! Also sie ist, wie vorauszusehen war, wieder ganz gesund und war nur betrübt, daß statt deiner meine Wenigkeit anlangte, sie hätte sich anscheinend weit lieber von dir behandeln lassen!"

„Aber so laß doch —"

„Nein, im Ernst gesagt, sie konnte ihre Enttäuschung kaum verbergen, auch bei der Mama scheinst du in gutem Andenken zu stehen."

„So? meinst du?" sagte ich möglichst gleichgültig.

„Ja wohl, ich glaube, daß, wenn du gelegentlich einmal

auch als Nichtarzt hingehen würdest, du sehr willkommen wärest."

„Was sind es denn eigentlich für Leute?" fragte ich obenhin.

„Aha!" frohlockte der Medikus Pfiffikus, „er erkundigt sich schon nach den Privatverhältnissen von ‚Ihr'. Sehr richtig, mein Sohn, Vorsicht ist die Mutter der dauerhaften Ehen! Es sind wirklich sehr nette Leute, der Vater ein gemütlicher braver alter Herr, der allem Anschein nach ein recht erkleckliches Schäfchen aufs Trockene gebracht hat, am Klingelschild stand ‚Rentier'. Weiter weiß ich nichts, also gehe selbst, sieh und siege!"

„So laß doch endlich deine Sticheleien, es ist wirklich nicht zum Aushalten! Übrigens will ich jetzt gehen, ich muß noch etwas arbeiten, adieu!"

„Geh' mit Gott, mein Sohn!"

Noch einmal vierundzwanzig Stunden duldete ich, dann aber war's genug, ich hielt's nicht mehr aus! Ich mußte hin! Unbedingt!

Für den ersten Frageanprall hatte ich mir ein ganzes Lügengewebe ausgesonnen, aber ich war fest entschlossen, die Täuschung so bald als möglich aufzuklären.

Als ich im schwarzen Gehrock, mit hellen Glacés angethan, die Treppe hinaufstieg, hatte ich ungefähr wieder das fatale Gefühl des Ganges zum Richtplatz, gerade wie damals im Theater. Aber mutig die letzten Stufen hinauf, die blauen Augen lockten unwiderstehlich! Ich zog die Klingel, die Thür ging auf.

„Ah, guten Tag, mein lieber Herr Doktor, ach, das ist ja zu nett, daß Sie Ihr Versprechen nun doch wahr machen! Wie sich meine Tochter freuen wird! Marie, sag' mal dem Fräulein, der Herr Doktor sei da! Bitte, wollen Sie nicht Platz nehmen?"

„Zu gütig!" brachte ich hervor.

„Ist Ihr Herr Onkel wieder gesund?"

„Welcher Onkel denn?!"

„Na, Ihr kranker Herr Onkel, zu dem Sie, wie der andere Herr Doktor erzählte, gereist sind."

Die Geschichte hatte ich in meiner Erregung ugenblicklich ganz vergessen.

„Der, ja der ist Gott sei Dank wieder völlig gesund, danke bestens. Wie geht es denn Ihrem Fräulein Tochter? Hat sie sich ganz von dem kleinen Unfall erholt?"

„Das kann sie Ihnen selbst erzählen, da ist sie schon."

Mir pochte das Herz. Endlich war der langersehnte Augenblick da! Sie sah entzückend aus in ihrem einfachen Hauskleide mit dem zierlichen Schürzchen. Hold errötend sprach sie mir ihren Dank aus, und wie allerliebst sie dann plauderte! Ich war entzückt!

Und vor ihr sollte ich mich jetzt als Lügner entlarven? Es war zu schwer, ich schob und schob die Erklärung hinaus, es fand sich auch so gar kein Anknüpfungspunkt dazu.

Eine Uhr schlug hinter mir; um Gottes willen, ich war fast eine Stunde da, ich dachte, es wären kaum zehn Minuten.

Eiligst erhob ich mich.

„Sie wollen wirklich schon gehen? Wie schade, mein Mann wird sehr bedauern, er ist zu einer Sitzung der Armenkommission, er hat so viel Plage mit seinen Ämtern." Dabei leuchtete ihr Gesicht aber doch vor Stolz, sich als „Beamtenfrau" hinstellen zu können.

„Aber nicht wahr, Sie machen uns doch recht bald wieder einmal das Vergnügen? Sie kommen ganz zwanglos, vielleicht einmal zum Mittagbrot? Paßt es Ihnen vielleicht nächsten Sonntag? Ja? Dann dürfen wir also bestimmt auf Sie rechnen!"

Auf der Treppe beschloß ich, ganz bestimmt abzuschreiben, selbstverständlich ging ich aber, als der liebe Sonntag ins Land kam, vergnügten Mutes hin.

Ich brachte Fräulein Betty ein paar Marschall-Niel-Rosen mit.

„Ach, die wunderschönen Rosen, nein Herr Doktor,

die sind zu hübsch, die muß ich mir aber auch gleich vorstecken."

Die Kaffeezeit fand mich immer noch dort, auch zum Abendbrot blieb ich „auf allgemeines Verlangen". Es war aber auch zu famos, in meinem ganzen Leben hatte ich mich noch nie so gut unterhalten. Der Vater, den ich jetzt kennen lernte, ein gemütlicher alter Herr, Urberliner mit allen Vorzügen und Fehlern: ein bißchen renommieren und schwabronieren, aber gutmütig und äußerst ehrenhafter Charakter; leben und leben lassen war sein Wahlspruch, wie er mir in den ersten fünf Minuten zweimal anvertraute.

Seine ganz besondere Hochachtung gewann ich mir, als ich ihm bei dem abends entrierten Skat einen „bombensicheren" Grand abnahm. Er war ganz weg vor Staunen!

Den dritten Mann machte die Mama. Sie hatte es vor zwei Jahren gelegentlich einer verregneten Badereise spielen gelernt und spielte — wie der Gatte bemerkte — „für ihr Alter" ganz famos.

Fräulein Betty sah mir in die Karten.

Sie freute sich mit Hintansetzung aller Kindespflichten riesig, wenn ich gewann. Ich vergaß mehrere Male zuzugeben und mußte energisch ermahnt werden; wer konnte aber auch auf etwas anderes aufpassen, wenn sie so unnachahmlich zierlich das Bier einschenkte oder eine Apfelsine aufs appetitlichste zurechtmachte.

Als ich mich verabschiedete, mußte ich versprechen, bald — recht bald, wie Fräulein Betty hinzusetzte, wiederzukommen.

Wie mich das „recht bald" glücklich machte!

Sollte mein scharfblickender Freund Medikus wirklich recht haben? War ich ihr wirklich nicht gleichgültig?!

Verschiedene Anzeichen sprachen für mich, aber mit der Hartnäckigkeit eines Verliebten quälte ich mich auf dem ganzen Heimwege mit tausend Zweifeln.

Erst als ich den Schlüssel in die Hausthür stecken wollte, kam mir mein Vorsatz, den Betrug zu beichten, wieder in den Sinn.

War es Furcht? Ach was Furcht! Unsinn; es hatte sich einfach noch keine passende Gelegenheit gefunden.

„Nein, alter Junge," sagte etwas in mir — wahrscheinlich der Rest meines besseren Selbst — „Furcht war's, verächtliche Furcht!"

„Pfui, dreimal pfui über dich!" sprach mein Gewissen.

Aber so darf es nicht fortgehen, so nicht, ganz gewiß nicht, ganz bestimmt nicht! Das nächste Mal wird's gesagt! Unbedingt!

Aber wie werden sie es aufnehmen?!

Wird dann alles, alles vorbei sein?

Grausiger Gedanke!

Nun beschloß ich, gleich morgen hinzugehen.

Die Nacht schlief ich fürchterlich schlecht.

Die Erstürmung der Düppeler Schanzen war sicher ein Kinderspiel gegen meinen Gang am nächsten Tage.

Kaum daß ich ein paar Begrüßungsworte hervorbrachte. Was gesprochen wurde, hörte ich nicht. Ich gab ganz verkehrte Antworten. Meine Zerstreutheit mußte auffallen.

Ich schöpfte tief Atem.

„Meine Herrschaften," platzte ich mitten in eine Schilderung der Frau Mama hinein, „gestatten Sie mir, Ihnen eine Mitteilung zu machen, ich — ich — ich bin gar kein Doktor!"

Gott sei dank, es war heraus!

Die guten Leute sahen mich höchlichst erstaunt an.

„Wie meinten Sie, Herr Doktor?" fragte die Mama in der Meinung, mich nicht richtig verstanden zu haben.

„Ich — ich bin ja gar kein Doktor," würgte ich zum zweitenmal heraus.

„Aber — mein Gott, was soll denn das heißen?"

„Puh," lachte der Papa los, „wirklich famoser Witz, ha, ha, ha, Sie sind doch ein kapitaler Kerl, Herr Doktor! Und wie ernst er das herausbringt."

„Wenn Sie mir erlauben würden, Ihnen eine Aufklärung

zu geben," fuhr ich mit sicherer Stimme fort, „mein Name ist Lange, Ingenieur Lange."

Fräulein Betty hatte die ganze Zeit wie erstaunt dagesessen.

Jetzt sprang sie puterrot auf und — lief zur Thür hinaus. Wie gern wäre ich ihr a tempo gefolgt! Einmal aber im Zuge, fuhr ich tapfer in meinem Geständnis fort.

Die Mama war ebenfalls aufgesprungen, erregt ging sie in der Stube auf und ab; mitunter unterbrach sie mich mit einer kurzen Frage.

Meine Beichte war zu Ende! —

Niemand antwortete.

Der Papa saß kopfschüttelnd in seinem Lehnstuhl, seinem einfachen Denken war mein Betrug viel zu verwickelt, um ihn so schnell zu begreifen.

Plötzlich trat die Mama entschlossen auf mich zu.

„Mein Herr! Sie haben sich fälschlich als Arzt ausgegeben. Sie haben meiner Tochter das Korsett —"

„Nur auf Ihren Befehl, gnädige Frau."

„Gleichviel, meine Tochter ist durch Sie kompromittiert."

„Lassen Sie mich, gnädige Frau," bat ich — „suchen, die Verzeihung Ihrer Fräulein Tochter —"

„Das heißt, Sie wollen sie heiraten?"

„Natürlich will ich, von ganzem Herzen will ich," jubelte ich laut.

„Schwiegerpapachen, laß dich umarmen," damit stürzte ich auf den Papa zu, der bei den Worten seiner Frau ganz erstaunt von seinem Sessel aufschnellte — eine respektable Leistung bei seinem stattlichen Umfange.

„Halt, halt, so rasch geht's nicht! Erst werde ich mit meiner Tochter sprechen," wandte die Mama ein.

Sie blieb lange, viel zu lange für meine Erwartung.

Endlich kam sie zurück. Sie wollte ernst aussehen, aber um ihre Mundwinkel zuckte es verräterisch.

„Versuchen Sie selbst, von mir will sie sich nicht überzeugen lassen, vielleicht haben Sie mehr Glück."

Und nun stand ich vor ihr.

Und nun beichtete ich zum zweitenmal — weit bin ich aber nicht damit gekommen, denn plötzlich lag sie lachend und weinend zugleich in meinen Armen.

Und ich küßte sie, küßte sie, als ob ich niemals wieder aufhören wollte.

Sie war die Vernünftigere.

„Komm zu den Eltern, heuchlerischer Verräter du!"

Seit sechs Monaten sind wir glücklich verheiratet. Theaterarzt aber bin ich nie mehr gewesen, ebensowenig wie ich leide, daß sich mein Frauchen zu fest schnürt, zumal Dr. Fischer dagegen Protest eingelegt. Dr. Fischer, mein alter Freund und Mitbegründer unseres Glückes, ist selbstverständlich Hausarzt bei uns geworden.

Der neue Mietskontrakt.

„.... Falls es Euch also recht ist, wohne ich die vier Wochen bis zu meinem Assessorexamen bei Euch. Wenn es Euch aber irgend welche Umstände oder Beschwerden macht, so sagt es, bitte, ganz ungeniert; ich nehme es Euch durch=aus nicht übel und suche mir dann ein möbliertes Zimmer, auf vier Wochen lohnt sich das schon. Jedenfalls komme ich Donnerstag den sechzehnten in Berlin an und würde mich sehr freuen, wenn Ihr auf dem Bahnhof wäret; die Ankunftszeit teile ich Euch noch telegraphisch mit. Alles andere mündlich. Herzlichen Gruß
 Euer treuer Neffe
  Fritz."

Damit hatte der Rentier Schlabemichel seiner Frau den soeben angelangten Brief zu Ende vorgelesen, jetzt polterte er vergnügt hervor: „Möbliertes Zimmer? Unsinn! Wie soll er uns denn Umstände machen? Natürlich wohnt er bei uns, nicht wahr, Mutterchen?"

„Aber selbstverständlich, Alter, darüber ist doch erst kein Wort zu verlieren! Ich freue mich sehr darauf, den guten Jungen wieder einmal bei uns zu haben."

„Und ich erst, nu wird der Junge schon Assessor! Nee, nee wie die Zeit vergeht! Weißt du noch, wie wir hinfuhren, um sein Abiturientenexamen zu feiern? Mir ist's als ob's gestern wäre!"

„Ja, ja, man wird alt," seufzte sie, „also ich richte für den Fritz die kleine Vorderstube recht gemütlich her, da kann er ungestört arbeiten, und kommen und gehen, wann und

wie er will. Nach Berlin 'rein hat er's ja auch nicht wei[t]
mit der Wannseebahn ist er ja in fünf Minuten auf de[r]
Potsdamer Bahnhof —"

„Ich kaufe ihm ein Abonnementsbillet für die Bah[n]nee, wie ich mich freue! Nu wird doch wieder ein bißche[n] Leben in die Bude kommen! Vier Wochen! Und nach de[n] Examen —"

Plötzlich verfinsterte sich sein freudestrahlendes Gesich[t] merklich.

„Mutterchen, die Sache hat einen Haken!"

„Was denn, Alter?"

„Na, von wegen dem Hauswirt!"

„Was hat denn der damit zu thun?"

„Von wegen dem neuen Kontrakt."

„Was denn für einen Kontrakt? So rede doch vernünftig: du spannst einen ja auf die Folter!"

„Na, in dem neuen Kontrakt, den sich unser Haus- und Grundbesitzerverein zurechtgedrechselt hat, steht doch, man darf längeren Besuch nur mit schriftlicher Genehmigung des Hauswirtes bei sich aufnehmen. Und unser Hauswirt erlaubt mir's bestimmt nicht! Dazu habe ich ihn bei der Renovierung unserer Wohnung viel zu sehr geärgert! Wenn der uns einen Possen spielen kann, thut er's nur zu gern."

„Aber das ist doch unerhört! — Und wenn es auch schon im Kontrakt steht, so wird doch der Hauswirt nicht so weit gehen, uns —"

„Weißt du, ich werde mir bald Gewißheit verschaffen; ich gehe gleich hinunter und frage ihn."

„Das ist recht, Alter, geh' man lieber bald! Dann weiß man doch wenigstens, woran man ist."

Schlademichel warf sich in seinen Bratenrock und ging.

Eine Viertelstunde später war er wieder oben.

„Was hab' ich gesagt?! Was hab' ich gesagt!" rief er wütend, „er erlaubt's nicht!!"

„Aber, Männchen, das ist ja gar nicht möglich!"

„Nicht möglich?! Hat sich was: nicht möglich! Der Mann ist in seinem Recht."

„Schönes Recht, das einem nicht einmal erlaubt, seine Verwandten bei sich aufzunehmen: so 'was ist ja noch gar nicht dagewesen!"

„Und du hättest sehen müssen, wie sich der Kerl protzig vor mich hinsetzte! Wie ein Pascha von Hinterindien! Verhöhnt hat er mich noch: es thut mir sehr leid, Herr Schlademichel, aber mein Haus ist doch kein Hotel! Und ich habe doch die teuren Renovierungen nicht vornehmen lassen, um die Wohnung von fremden Leuten abnutzen zu lassen; wie gesagt, ich bedaure sehr! Nun wurde ich natürlich böse, ein Wort gab das andere: schließlich sagte er mir, daß ich die sofortige Exmission zu gewärtigen hätte, wenn ich gegen sein Verbot handelte!"

„Was?! Exmission?! Er ist wohl nicht recht gescheit?"

„So! Er nannte mir sogar den Paragraphen, nach dem er das Recht dazu habe."

„Das ist doch aber ein bißchen zu stark! Was soll denn nun aber werden mit Fritz?"

„Selbstverständlich kommt der her! Ich will doch einmal sehen, ob ich wirklich meinen leiblichen Neffen nicht bei mir aufnehmen kann!"

„Aber, Männchen, die Exmission! Was sollen denn unsere Bekannten denken?! Und unsere gemütliche Wohnung! Denke nur, wie lange wir gesucht haben, ehe wir die fanden!"

„Ganz egal! Mein Neffe kommt her, und wenn ich gleich —"

„Alter, ich hab's! Er wohnt heimlich bei uns!"

„Was heimlich? Wie heimlich? Ich mag keine Heimlichkeiten!"

„Wir sagen dem Wirt einfach gar nichts mehr; vielleicht kommt Fritz abends; auf der Treppe begegnet man so selten jemand; wer weiß auch, ob der junge Mann gerade zu uns gehört! Es wohnen ja so viel Leute im Hause: und — so lange es geht, geht's! Besser wäre es allerdings schon gewesen, wenn du den Wirt erst gar nicht gefragt hättest: jetzt wird er natürlich aufpassen!"

„Laß ihn aufpassen, soviel er will; nu freue ich mich erst recht darauf, ihm eine Nase zu drehen! Und wenn er schließlich dahinter kommt, nun dann —"

„Er wird schon nicht, wenn wir vorsichtig sind! Noch eins: Fritz darf natürlich nichts merken, es würde ihm doch sehr unangenehm sein —"

„Selbstverständlich nicht! Das wird sich alles schon machen lassen. Jetzt will ich ihm aber gleich schreiben, daß er uns sehr willkommen ist."

* * *

Mehrere Tage nach dieser denkwürdigen Unterredung stand das würdige Ehepaar Schlabemichel auf dem Perron des Friedrichstraßenbahnhofs und wartete sehnsüchtig auf das Eintreffen des Zuges, der ihren Neffen bringen sollte.

Es war nachmittags, aber das störte Schlabemichels nicht: sie hatten ihren Kriegsplan schon entworfen.

Die Begrüßung war überaus herzlich.

„Nun noch einen Augenblick Geduld, ich besorge nur noch schnell meinen Koffer und dann können wir losfahren."

„Nein, nein, lieber Junge, das besorge ich, du bist doch Gast!" wehrte der Onkel energisch, „und wenn es dir recht ist, lassen wir deine Sachen durch einen Dienstmann nach Haus befördern! Wir wollen von hier nämlich gleich ins Panoptikum mit dir."

„Was? Ins Panoptikum?!"

„Ja, ja, da ist eine Riesin zu sehen, heute zum letztenmal! So etwas ist noch gar nicht dagewesen, die mußt du unbedingt sehen!"

„Aber ich interessiere mich gar nicht für so 'was! Und ich möchte mir doch gern den Reisestaub etwas abspülen; außerdem habe ich, offen gestanden, einen ganz fürchterlichen Kaffeedurst!"

„Kaffeedurst?! Den wollen wir gleich heben! Da ist hier ganz in der Nähe das Café Ronacher eröffnet worden: einfach großartig! Und einen Kaffee giebt's da, einen Kaffee, ich sage dir: delikat! Und von dort wandern wir ins Panoptikum, die Riesin mußt du sehen, morgen reist sie ja ab!"

Ein verwunderter Blick des Neffen traf den gar so eifrig redenden Onkel — aber er fügte sich; die schlaue Berechnung Schlabemichels hatte den Sieg über die Harmlosigkeit des Referendars davongetragen!

Abends ging's ins Theater ohne Gnade und Barmherzigkeit! Der Onkel hatte schon vorher Billets besorgt.

Endlich, kurz vor Mitternacht, kamen sie vor ihrer Wohnung an.

Schlabemichel schloß vorsichtig auf. „Nu', Fritzchen, tritt man recht leise auf! Um Gottes willen, deine Stiefel knarren ja fürchterlich! Das habe ich auf der Straße gar nicht bemerkt! Hör' mal — zieh dir lieber die Stiefel hier aus!"

„Was? Ich soll mir die Stiefel ausziehen?!"

„Ja — weißt du — weißt du — der Wirt —" stotterte der Onkel.

„Es liegt ein Schwerkranker im Hause," fiel die Tante eifrigst ein, ihrem Ehegesponst einen leisen Puff in die Seite versetzend, „den könnte es vielleicht stören!"

J! Gott bewahre! wie die Frau lügen kann, dachte Schlabemichel ganz entsetzt, es ist aber gut, ich war nicht schlecht in der Klemme.

„Ein Schwerkranker?" meinte Fritz gutmütig, „na, da ist es wohl wirklich besser, ich ziehe mir die knarrenden Dinger ab! Was fehlt ihm denn? Kennt ihr ihn näher?"

„Nein, nein, wir kennen ihn nicht, der Doktor kommt nur jeden Tag vors Haus gefahren, daher wissen wir's!" flüsterte die Tante.

„Wir wollen auf der Treppe lieber nicht sprechen", setzte der Onkel in demselben Tone hinzu, „so ein Kranker ist mitunter sehr feinhörig!"

Die Tante erschrak: das war denn doch zu weit gegangen das mußte Fritz ja auffallen! Aber der merkte nichts; er war zum Glück viel zu müde, um irgend welche Reflexionen anzustellen.

Schlabemichels aber triumphierten; der Wirt hatte nichts von dem Einzug ihres Gastes gemerkt!

* * *

Die nächsten Tage brachten nichts besonderes.

Zwar ängstigten sich die guten Leute nicht wenig, weil der Referendar so oft ausgehen mußte, um die notwendigen Meldebesuche für das Examen zu machen, aber dagegen ließ sich doch schlechterdings nichts machen: durch alle erdenklichen Experimente versuchten sie Fritz möglichst unverdächtig auszufragen, ob er bei diesen Ausgängen jemand im Hause begegnet sei.

Fritz merkte nichts: begegnet war er keiner Seele.

Schlabemichels wurden allmählich ruhiger: mit jedem Tage schwand die Gefahr und damit auch die Furcht mehr und mehr.

Aber sie wurden schrecklich aufgestört.

Es war beim Nachmittagskaffee.

„Heute bin ich auf der Treppe jemand begegnet," schmunzelte Fritz halb vergnügt, halb geheimnisvoll.

„Wem denn, wem denn? Wie sah er aus?" fragten Onkel und Tante zugleich —"

„Dem Wirt —"

Schlabemichel setzte vor Schreck die Tasse hin, seine Frau erbleichte.

„Dem Wirtstöchterlein," vollendete Fritz vergnügt.

Schlabemichels atmeten auf.

„So, so! Woher weißt du denn, daß sie's gewesen ist."

„Sie hat mir's selbst gesagt."

„Aber wie so denn, so erzähle doch," drängte die Tante.

„Nun, ganz einfach: sie kam die Treppe herab, ich wollte hinauf, sie verlor ihr Taschentuch —"

„Muß die auch gerade dort ihr Taschentuch verlieren," brummte der Onkel.

„Wie meinst du, lieber Onkel?"

„O nichts, nichts, bitte nur weiter!"

„Ich hebe es auf, trage es ihr nach, sie dankt freundlich, wir kommen ins Gespräch, ich erzähle ihr natürlich, daß ich bei euch wohne —"

„Das hast du ihr erzählt?!" schreit Schlabemichel entsetzt.

Fritz stutzt: „Aber warum denn nicht?"

„Ja, ja, warum denn nicht, natürlich, ich meinte man bloß so!"

„Übrigens ist es eine ganz reizende junge Dame," fährt Fritz fort, „ich sage euch — —"

Draußen klingelt's: der Herr Hauswirt wünscht Herrn Schlabemichel zu sprechen.

Da haben wir den Salat, denkt Schlabemichel; aber was thun? Abweisen lassen kann er den Hauswirt doch nicht gut. „Ich lasse bitten."

Der Gewaltige tritt ein.

Plötzlich durchblitzt den Onkel ein Rettungsgedanke.

„Herr Lange, unser Hauswirt, Herr Fritz — mein Klavierlehrer," stellt er vor.

Für den Augenblick ist ihm geholfen.

Fritz ist starr vor Staunen.

„Lernen Sie Klavierspielen auf Ihre alten Tage?" fragt Lange ganz perplex.

Seine verzweifelte Lage macht den Onkel wütend: „Na ja, man muß was für seine Bildung thun, es will doch nicht jeder so ungebildet in der Welt herumlaufen!"

Der Hieb sitzt: Lange ist an seiner empfindlichsten Stelle getroffen.

Aber er giebt den Kampf noch nicht auf: „Sie haben ja aber gar kein Klavier!" triumphiert er.

„Ich — wir — wir lernen es erst theoretisch," stottert

Schlabemichel, „das ist die neue Methode, das Klavier kaufe ich mir erst später."

„Na, das habe ich auch noch nicht gewußt, daß man jetzt schon Klavierspielen ohne Klavier lernen kann," knurrt Lange dagegen.

Er wütet innerlich: für heute ist er allerdings besiegt, aber: Rache! Rache für alles! Für die erzwungene Renovierung, für den Besuch gegen seinen Willen und am meisten —— ——

Na warte man, Jungeken, die „Bildung" soll dir teuer zu stehen kommen!!

Natürlich weiß er alles: was hätte auch Fräulein Gretchen eiligeres zu thun gehabt, als ihrem Papa zu erzählen, welch' reizender junger Mann oben zu Besuch sei.

Doch für jetzt ist hier nichts mehr zu machen: er kann doch Herrn Schlabemichel nicht ins Gesicht sagen, daß er ein Lügner sei: er versucht sich einen möglichst ehrenvollen Rückzug zu sichern: „Ich wollte nur fragen wie Sie mit den Umänderungen zufrieden sind, oder ob Sie noch irgend welche Wünsche haben," wechselte er schleunigst das Thema.

„O, sehr aufmerksam Herr Lange, ich danke bestens, wir sind jetzt ganz zufrieden gestellt."

„Das freut mich, das freut mich, da kann ich ja hoffen, Sie noch recht lange bei mir als Mieter zu haben," lächelt er ironisch und empfiehlt sich.

„Lieber Onkel, willst du mir, bitte, nun erklären, warum du mich als Klavierlehrer vorgestellt hast!"

Die Tante erbebt, aber der Onkel hat sich schon auf diese Frage vorbereitet: er ist fürchterlich gewandt geworden in Lügen: „Na, Junge, hast du denn das nicht gemerkt? Ich wollte mir einen Witz mit meinem Freund Lange machen!"

„Einen Witz? Aber höre mal, das ist ja ein seltsamer Witz gewesen! Übrigens scheint ihr doch gar nicht so gut miteinander zu stehen —"

„Wir? wir stehen sogar sehr gut miteinander," ent=

gegnete der Onkel ärgerlich, „wir spielen ja alle Wochen zweimal Skat zusammen und außerdem — außerdem — du, hast du denn schon die neuen Cigarren probiert, die ich für dich habe kommen lassen: famos und dabei leicht! Die sollst du immer beim Studieren rauchen, damit du nicht einschläfst! Versuche mal gleich, nicht wahr, brillant?!"

Fritz schüttelt bedenklich den Kopf: Für einen Witz sah die Sache denn doch zu merkwürdig aus! Dahinter muß etwas anderes stecken!

Aber was??!

* * *

Und wieder vergingen mehrere Tage, ohne daß etwas Bemerkenswertes vorkam.

Der Wirt lauerte: er hatte seinen Plan gefaßt.

Aber Schlademichels waren auf ihrer Hut. Doch als gar nichts von seiten des Wirtes geschah, wurden sie weniger vorsichtig.

Und nun gingen sie in die Falle.

Spät nachmittags hörte sie Lange mit „ihrem Besuch" die Treppen herabsteigen, ja er glaubte, etwas von Theater zu vernehmen: sein schwarzes Herz frohlockte.

Bereits um zehn Uhr stand er auf dem Posten, obgleich er genau wußte, daß Schlademichels erst viel später zurück sein konnten, wenn sie im Theater waren. Aber sicher ist sicher!

Erst nach einer Stunde hörte er vorsichtig aufschließen. Die Lampe hatte er beiseite gestellt, damit ihn das Licht nicht vorzeitig verrate: er wollte sie völlig überrumpeln.

Leise kam's die Treppe herauf.

Er faßte die Lampe. Jetzt war's an seinem Entree.

„Ha! Ihr" — wetterte er los, die Thür aufreißend und den vollen Strahl der Lampe auf die Übelthäter fallen lassend, und — befand sich einem über den unerwarteten Empfang fürchterlich erschrockenen Ehepaar aus dem vierten Stock gegenüber.

„Um Gottes willen, was ist benn los?!" kreischte die Frau. Lange faßte sich; mühsam brachte er eine Entschuldigung vor: er wäre gerade auf dem Korridor gewesen und weil sie so vorsichtig geschlossen hätten und so leise gegangen wären, habe er geglaubt — —

„Das steht ja ausdrücklich im Kontrakt, daß man leise gehen soll," murrte die Frau.

„Ja, ja liebe Frau, nichts für ungut —"

„Na, det is ja noch doller," brummte der Mann, „nu kann man nich mal ohne Schikanirerei in seine Wohnung ruffklettern, wie man will!" — damit zogen sie ab.

Hatte das lange Warten Langen schon ungeduldig gemacht, so war er jetzt wütend; aber er tröstete sich; seiner Rache war er ja sicher.

Und wieder wartete er: schon ging's stark auf zwölf.

„Solche Nachtbummler", wütete er.

Endlich schloß es von neuem.

Es waren die Richtigen: deutlich hörte der Lauscher Frau Schlademichels Stimme.

Und zum zweitenmal riß er die Thür auf.

Schlademichels prallten entsetzt zurück: jetzt war alles aus!

„Guten Abend, meine Herrschaften!" höhnte Lange, „ah, ah, da haben Sie ja Ihren Klavierlehrer mitgebracht! Wollen Sie vielleicht jetzt eine Klavierstunde nehmen, Herr Schlademichel?"

„Herr, wollen Sie uns gefälligst unbehelligt in unsere Wohnung lassen," brauste Schlademichel auf; die Verzweiflung gab ihm Mut: jetzt war ja auch alles gleich.

Langen überraschte das entschlossene Auftreten: er hatte sich die Scene ganz anders gedacht.

„Wenn Sie mir etwas zu sagen haben," fuhr Schlademichel mit möglichster Würde fort, „so bemühen Sie sich gefälligst in meine Wohnung, und zwar zu gelegenerer Zeit, als es jetzt sein dürfte."

Lange war ganz verdutzt, konsternirt: „Jawohl, das werde ich thun," stotterte er, „morgen wird sich alles finden!"

Damit schlug er donnernd die Thüre zu.

„Nun seid aber so gut und erklärt mir ernstlich, was das alles heißen soll," begann Fritz, als sie oben angelangt waren; „das war doch nicht wieder ein Witz, lieber Onkel?"

Schlabemichels sahen ratlos einander an: es gab keinen Ausweg mehr!

„Na, wenn es denn sein muß," legte der Onkel endlich los —

Fritz wollte sich halbtot lachen über den „närrischen Paragraphen."

„Aber warum habt ihr mir denn das nicht lieber offen gesagt? Ich schrieb euch doch — —"

„Wir wollten dich doch so gern bei uns haben, lieber Junge," schmeichelte die Tante.

„Ich danke euch auch gewiß von ganzem Herzen für eure Liebenswürdigkeit, aber ehe ihr euch solche Unannehmlichkeiten — übrigens eure hübsche Wohnung sollt ihr durch mich nicht einbüßen: morgen werde ich erst einmal mit dem Herrn Wirt ein paar Töne reden; ein Unbeteiligter kann das immer besser machen und ich hoffe doch, daß der Mann auf vernünftiges Zureden hören wird. Wenn aber nicht, nun dann werde ich ihm erst noch einmal die Sache von der juristischen Seite beleuchten und —"

„Ja, ja, lieber Junge, geh du nur mal 'runter: der Onkel wird immer gleich heftig und —"

„Was? ich heftig?!" eiferte Schlabemichel, „ich werde überhaupt nie heftig!"

„Na, na, Alterchen," lenkte die Tante vorsichtig ein, „also auf morgen, und nun gute Nacht! es ist ja furchtbar spät geworden!"

* * *

Am nächsten Morgen lag die Kündigung schon auf dem Frühstückstisch. Lange hatte sie anscheinend noch in der Nacht geschrieben.

Fritz wartete ruhig bis zur Visitenzeit, dann stieg er frohgemut herab. Das „Fräulein mit dem verlorenen Taschentuch" öffnete.

Das hatte Fritz nicht erwartet: „Ist Ihr Herr Papa zu sprechen, mein Fräulein?" brachte er errötend hervor.

Sie wurde gleichfalls rot.

„Nein, mein Herr, Papa ist augenblicklich nicht da, er will aber sofort wiederkommen! — Wenn Sie vielleicht etwas warten wollten — —"

„Wenn Sie es gestatten, mein Fräulein."

„O, bitte sehr, bitte, wollen Sie hier eintreten! Wenn es Ihnen recht ist, leiste ich Ihnen Gesellschaft."

„Ach, das wäre zu reizend von Ihnen."

„Ich weiß gar nicht, was Papa hat, er ist, glaube ich, zum Amtsvorstand gegangen, er war so aufgeregt — —"

„Ich glaube den Grund seiner Aufregung zu kennen und bin gerade in dieser Angelegenheit hier" — und nun erzählte er. Er war fast fertig, als Lange kam.

Fritz fand den Herrn merkwürdigerweise weit mehr zu einem Ausgleich geneigt, als er hätte hoffen können.

Der Zorn hatte der ruhigen Überlegung Platz gemacht: es war doch recht mißlich, so anständige, ruhige Mieter zu verlieren; außerdem standen jetzt so sehr viel Wohnungen leer: wer weiß, wann er neu vermieten könne, und was es für Leute wären.

Überdies war ihm „von oben herab" bedeutet worden, daß es denn doch nicht so leicht anginge, jemand zu exmittieren, nur weil er einen Verwandten bei sich zu Besuch habe; der Ausgang eines eventuellen Prozesses sei mehr als zweifelhaft.

Dann imponierte Langen das nette, sachgemäße Auftreten des Referendars in hohem Grade.

Aber sofort wollte er doch nicht nachgeben: er wolle sich die Sache überlegen und würde Nachmittag seine Entscheidung heraufschicken.

Die traf denn auch pünktlich ein.

Lange zog die Kündigung zurück und bemerkte ausdrücklich, daß er „durchaus nichts dagegen habe, wenn der Herr Referendar bei seinen Verwandten wohnen bleibe."

Wieviel an der letzteren Bemerkung der Einfluß Fräulein Gretchens schuld war, mag unentschieden bleiben.

Am nächsten Vormittag stieg Fritz wieder hinab: er mußte sich doch bedanken! Gern hätte er Herrn Schlabemichel mitgenommen, aber der wollte nicht: „Auf keinen Fall! Ich werde doch dem Protz nicht entgegenkommen!! —"

Lange war über Fritzens Höflichkeit riesig erfreut.

Er forderte ihn auf, doch einmal gemütlich wiederzukommen.

Und Fritz kam wieder, kam sogar oft wieder.

Eines Vormittags wanderte er hinab — Frack, Cylinder, weiße Krawatte — er wollte sich nur recht viel Glück auf den Weg wünschen lassen.

Warum nur Fräulein Grete den ganzen Tag so furchtbar aufgeregt war, und warum sie sich so unmenschlich freute, als Fritz endlich, endlich kam und das Examen bestanden hatte?!

Tags drauf kam er wieder herab, wieder: Frack u. s. w. Nanu? Heute ist doch nicht schon wieder Examen?!

Am Abend desselben Tages versöhnten sich Lange und Schlabemichel so energisch, daß sie — beide am nächsten Morgen einen Katzenjammer hatten, so intensiv, wie man ihn eben nur von einer — — ganz ungewöhnlichen großen Quantität „Verlobungsbowle" haben kann.

Vergißmeinnicht.

„Wer hätte das gedacht, ja, wer hätte das gedacht!" seufzte der Kammergerichts-Referendarius Kurt Wittig trübselig vor sich hin. Dieser melancholische Stoßseufzer war seit mehreren Tagen seine Lieblingssentenz geworden; der arme Kerl hatte aber auch allen Grund, zu seufzen! So plötzlich, so urplötzlich aus allen Himmeln gerissen, von seiner Liebe getrennt zu werden, wo alles im schönsten Gange, und wegen — wegen — na, wegen so einer Dummheit! Es war zum Haarausraufen!

Draußen klingelte es. Die Wirtin brachte einen Brief für ihn herein. Mißmutig schnitt er ihn auf.

„Sehr geehrter Herr! Das Gedicht —"

„Heiliges Donnerwetter!" unterbrach er sich, „wieder einer! Jetzt ist wahrhaftig das Dutzend voll!"

Halb mechanisch las er weiter.

„Das Gedicht, das Sie damals in Gesellschaft bei Krauses vortrugen, hat uns, wie das ja nur selbstverständlich ist, ganz ausnahmsweise gefallen. Gestatten Sie uns, Ihnen nachträglich noch unsern herzlichsten Dank für den uns damit bereiteten Genuß auszusprechen. Daran anknüpfend möchten wir uns erlauben, Ihnen eine kleine Bitte vorzutragen. Wir haben in der Familie demnächst eine Silberhochzeit und möchten nun gern bei dieser Gelegenheit etwas vortragen oder dem Jubelpaare widmen. Würden Sie nun die große Güte haben, uns mit Ihrem Dichtertalente ein bißchen unter die Arme zu greifen? Wir können nämlich trotz der größten Mühe, die wir uns damit gegeben haben, nichts Rechtes zusammenreimen. Das Gedicht brauchte nicht zu lang zu sein, so fünfzehn bis zwanzig Strophchen, recht niedlich und frisch, dabei gemütvoll und ernst, wie es für eine solche Feier paßt; ein bißchen Humor könnte ja nichts dabei schaden, aber nicht zu viel! Doch, Sie werden das ja alles selbst am besten wissen. Sehr dankbar wären wir Ihnen, wenn Sie einige Anspielungen auf die Familie und Familienerlebnisse hineinbringen würden, und sind wir natürlich gern bereit, Ihnen alles Notwendige darüber mitzuteilen. In der Hoffnung, keine Fehlbitte gethan zu haben, verbleiben wir im voraus bestens dankend

Mit freundschaftlichem Gruß
Albert Werner und Frau.

P. S. Besuchen Sie uns doch einmal wieder, vielleicht kommen Sie einmal gemütlich zum Abendbrot."

„Das ist doch gerade zum Verrücktwerden!" fuhr Kurt auf. „So eine Unverschämtheit! Ich kenne die Leute kaum, und sie wagen's — Na, rege dich erst nicht unnütz auf, leg's zu dem übrigen!" beruhigte er sich.

Damit zog er eine Schublade seines Schreibtisches auf und warf das Schreiben hinein. Unwillkürlich zählte er die schon darin befindlichen Briefe, richtig, es stimmte, gerade ein Dutzend mit dem heutigen.

„Eine nette Sammlung hätte ich ja zusammen, die Silberhochzeit fehlte noch, um sie vollzählig zu machen! Drei Hochzeiten, eine Kindtaufe, zwei Jubiläen, ein Wohlthätigkeitsvorstellungsprolog, eine Fahnenweihe, ein Kriegervereinslied, zwei Kircheneinweihungen und die Silberhochzeit! Wenn das Glück gut ist, bekomme ich noch eine goldene dazu!" Damit warf er sich aufs Sofa und versank mit einem erneuten: „Ja, wer hätte das gedacht," wiederum in düsteres Nachdenken.

Ja, ja, wer hätte das gedacht, lieber Kurt, als dich bei dem gemütlichen Kaffeekränzchen plötzlich der Eitelkeitsteufel kitzeln mußte, und du dich bemüßigt fühltest, dich als Dichter

aufzuspielen. An deine übermütigen Worte: „So ein Ge=
dicht, wie das eben vorgelesene, getraust du dich schon lange
zu machen," wirst du voraussichtlich lange denken! Und dein
erbitterter Feind und Nebenbuhler bei Schön=Else nahm
natürlich die Gelegenheit wahr, dich festzunageln. Denn daß
dir etwas bei dieser Sache passieren würde, nahm diese Seele
von einem Menschen als selbstverständlich an. So ging es
denn weiter auf der Bahn des Verderbens, du mußtest dich
verpflichten, ein Gedicht zu machen und vorzutragen. Daß
du die günstige Gelegenheit, Schön=Elsen eine Huldigung
darzubringen, indem du ihr das Gedicht widmetest, nicht
vorübergehen lassen würdest, verstand sich von selbst. Und
das Gedicht gelang dir, oder vielmehr dem litterarischen
Bureau für Gelegenheitsdichtungen, an das du dich in deiner
Not wandest, ja ganz prächtig, und alles wäre ja ganz schön
und gut gewesen, wenn — nur nicht dieser verdammte Reim
auf den Vater deiner Angebeteten gewesen wäre. Dieser eine
Reim war an allem Unglück schuld!

Du konntest allerdings nicht wissen, wie viel Neckereien
und Bosheiten der Vater Schön=Elschens, der würdige Jo=
hannes Tugendreich, wegen seines Namens schon hatte über
sich ergehen lassen müssen. War er doch einmal wegen eines
allerdings recht starken Scherzes fast eine Woche von sei=
nem Stammtisch weggeblieben, und das wollte wahrlich
etwas heißen!

Und nun mußt du Unglückswurm mit deinem Vers
kommen! Als ob es dir eine Ahnung gesagt hätte, wolltest
du den Vers lieber nicht in dem Gedichte stehen lassen!
O, wärest du nur deiner inneren Stimme gefolgt! Aber
der Gelegenheitsgedichte=Fabrikant, der die Sache doch eigent=
lich besser verstehen mußte, hatte dir so energisch zugeredet,
hatte so überzeugend von Dichterfreiheit und andern hohen
Dingen erzählt, daß du endlich gegen deine bessere Über=
zeugung nachgegeben. Und so geschah's, und du trugst in
der Strophe, welche die Tugenden deiner Angebeteten gar

erbaulich schilderte, als Schlußreim die verhängnisvollen Worte vor:

"Daß sie uns blüht so rein und hold,
Verdanken wir Herrn Tugendbold!"

Da war das Unheil fertig. Herr Tugendreich verließ hocherzürnt, trotz des Bittens seines Töchterleins, sofort die Gesellschaft. Als du am nächsten Tage einen Besuch zu machen versuchtest, um aufzuklären und zu entschuldigen, da wurdest du erbarmungslos abgewiesen, es „war niemand zu Hause", und als du hartnäckig wiederkamst, empfing dich — Herr Tugendreich, aber solo, und nur, um dir in unverblümtester Weise zu verstehen zu geben, daß er sich deine Besuche ebenso höflich als bringend verbäte. Ehe du ordentlich zu Worte kamst, warst du schon wieder draußen! Deine schüchternen Versuche der Rechtfertigung hatten Herrn Tugendreich nur immer mehr aufgebracht, der würdige Herr war zuletzt wirklich in einen ganz fürchterlichen Zorn geraten! Seine letzten Worte waren: „Er wolle mit Dichtern, die sich den Namen ehrbarer Leute zum Zielpunkt ihres billigen Witzes aussuchen, nichts zu thun haben. Und damit Gott befohlen junger Mann!"

Und der Zorn des biederen Alten hatte sich noch erhöht, statt allmählich milder zu werden. Das kam daher, daß durch irgend einen unglückseligen Zufall der schöne Reim vom Tugendbold zur Kenntnis des schon vorerwähnten Stammtisches gekommen war und dort natürlich einen mächtigen Heiterkeitserfolg davongetragen hatte. Armer Tugendreich! Die Zahl der Witze war wirklich schaudererregend und überdies zum größten Teile herzlich schlecht! Das Opfer seines Namens war wutentbrannt vom Stammtisch weggestürmt, mit dem Schwur, nie mehr wiederzukommen. Am nächsten Tage erhielt er eine Postkarte, von dem Stammtisch unterzeichnet:

O grolle nicht, und wenn das Herz auch bricht,
Du wärst ja sonst ein arger Bösewicht!
Das bist du aber nicht, dein Herz ist rein wie Gold,
Wie hießest du denn sonst — der Hannes Tugendbold!

Der wackere Tugendreich war nahe daran, vor Wut aus der Haut zu fahren. Gut, daß er in der Person seines Töchterleins wenigstens einen Blitzableiter hatte; auf dieses unschuldige Haupt ergoß sich aber auch die volle Schale des Tugendreich'schen Zornes. Er gebot Elsen, jeden Verkehr mit diesem — diesem Menschen, der ihn dem Gespött der Leute überliefert habe, unbedingt abzubrechen.

So standen die Dinge, und es war demnach dem armen Kurt nicht übel zu nehmen, wenn er trüben Gedanken nachhing und herzzerbrechend seufzte: „Wer hätte das gedacht!"

Und nun kamen noch diese Briefe und Bitten um Gedichte, von allen Freunden und weitläufigen Bekannten. Bei den drei ersten hatte er nicht Nein sagen zu können geglaubt; sollte er seinen teuer genug erkauften Dichterruhm aufs Spiel setzen? Außerdem war er ein gutmütiger Kerl. Das litterarische Bureau hatte also an ihm einen sehr guten Kunden gehabt! Aber dann war es Kurt denn doch zu viel geworden! Dazu langte sein Geld nicht. Er hatte deshalb verneinend geantwortet, zuletzt war er sogar grob geworden, natürlich hatte er sich jeden der „Freunde", dem er die Erfüllung der „bescheidenen kleinen Bitte" abgeschlagen hatte, zum erbitterten Feinde gemacht.

Ja, ja, lieber Kurt, Dichters Erdenwallen ist schwer!

Aber — ein süßer Trost war ihm geblieben in all der Nacht der Trübsal und Verzweiflung. Er konnte an Schön-Elschen schreiben, und — sie schrieb ihm wieder. Sei es, daß der „Dichter" ihr Herz gerührt, oder daß Mitleid mit Kurt sie dazu bestimmt hatte, genug, sie hatte in die heimliche Korrespondenz eingewilligt. Fritz, Kurts treuer Freund und Mitverschworener, der nebenbei die in diesem Falle fast unschätzbare Eigenschaft hatte, Elschen Vetter zu sein, und in eben dieser Eigenschaft, so oft er wollte, bei Tugendreichs vorsprechen konnte, hatte bereitwilligst die Rolle des postillon d'amour übernommen. So war denn ein recht reger

Briefverkehr im Gange: wenn das der alte Tugendreich geahnt hätte!

Draußen klingelte es wieder. „Vielleicht noch so ein Brief!" murrte Kurt.

Es war Fritz.

„Guten Tag, Rechtsverdreher, wie geht's? Herr Gott, machst du ein Gesicht! Da paßt meine Nachricht ja gut dazu!"

„Ist etwas passiert?" fragte Kurt, „hat der Alte etwa etwas gemerkt?"

„Nein, nein, wie sollte er denn?" beruhigte ihn Fritz, „aber ich muß fort von hier, ich muß wieder einmal auf zehn Wochen Soldat spielen."

Kurt sank vernichtet auf das Sofa: „Das hat bloß noch gefehlt!"

„Nach Stendal bin ich abkommandiert," fuhr Fritz fort, „Stadt von fünftausend Einwohnern!"

„Zehn Wochen ohne eine Nachricht von Else! Das ertrage ich nicht!"

„Ihr werdet euch wohl darein finden müssen."

„Du hast gut reden," seufzte Kurt. „Giebt es denn gar keinen Ausweg? Ha, ein Gedanke! Die Zeitung, das Tageblatt muß helfen! Hält dein Onkel das?"

„Natürlich, wer hält denn das nicht?"

„Du bist also so gut, deiner Cousine mitzuteilen, daß ich ihr unter irgend einer Chiffre regelmäßig Nachricht geben werde, und zwar unter — na, sagen wir unter: Vergißmeinnicht! Mehr als lieb wäre es mir natürlich, wenn sie sich, falls es die Wachsamkeit dieses Cerberus von Vater einmal zuläßt, dazu entschließen könnte, mir auf demselben Wege zu antworten."

„Ein bißchen viel verlangt! Aber — na wir werden sehen! — Ich gehe übrigens jetzt gleich von hier aus hin; heute Abend, wie gewöhnlich bei Siechen, nicht wahr?"

„Punkt acht Uhr! Adieu!"

Fritz war pünktlich: wenn es sich um Siechen handelte, war er immer pünktlich. Und er konnte dem harrenden Freunde die bejahende Antwort Elsens überbringen. Was er aber nicht erzählte, aus dem einfachen Grunde, weil er es selbst nicht wußte, war der Umstand, daß für die Überwältigung von Elsens anfänglichen recht bedeutenden Bedenken die Chiffre fast ausschlaggebend gewesen war: Vergißmeinnicht! Wie süß hatte das dem Mädchen ins Ohr geklungen! Als sie das nächste Mal in die Markthalle ging, war das erste, was sie erstand — ein riesiger Vergißmeinnichttopf, den sie „als Symbol ihrer Liebe zu hegen und zu pflegen sich schwor bei allen Eiden, welche die wahre Liebe kennt!" Als sie das in ihr Tagebuch schrieb, von dessen Existenz übrigens der Papa auch nicht die leiseste Ahnung hatte, da mußte die arme Else laut aufschluchzen: es war aber auch zu rührend!

So konnte denn der den postillon d'amour spielende Vetter und Freund beruhigt nach Stendal zu seiner Militärübung abreisen. Die Verbindung zwischen den beiden Liebenden, die er in seinen Schutz genommen hatte, war wenigstens einigermaßen hergestellt.

* * *

Ungefähr vier Wochen später saß an einem schönen Sonntagnachmittag der Rentier und doppelte Hausbesitzer Johannes Tugendreich in seinem Sorgenstuhl und las unter rheumatischen Schmerzen das Berliner Tageblatt.

Er war allein. Else war ausgegangen zu einer Freundin. Mit der wollte sie, wenn es anging, spazieren gehen. Sinnend ruhte das Auge des Einsamen auf dem Vergißmeinnichttopf, den sein Töchterlein ans Fenster gestellt hatte, damit auch der einen Anteil von der schönen Frühlingssonne bekäme.

Eigentlich war es doch merkwürdig, mit welcher Sorgfalt Else den Topf pflegte. Vorher hatte sie sich gar nicht so viel aus Blumen gemacht, und an dem Dings da drüben zählte sie beinahe die einzelnen Blüten! Wirklich merkwürdig!

Tugendreich hob die heruntergefallenen Zeitungsblätter wieder auf und vertiefte sich in die Annoncen. Für gewöhnlich las er die nicht, aber heute — was thut man nicht alles aus Langeweile. Viel Interessantes stand nicht drin; eben wollte er das Blatt beiseite legen, als sein Auge zufällig auf ein fettgedrucktes Wort fiel, das über einer der dicht bei „Verloren, Gefunden" stehenden Anzeigen sich befand. Da stand: „Vergißmeinnicht."

Vergißmeinnicht? Eben hatte er an diese Blume gedacht, beim Anblick an Elsens Vergißmeinnichttopf.

Er lachte: wie sich das zufällig traf!

Dann las er, neugierig geworden, die Anzeige.

Aber da ging eine schreckliche Veränderung mit ihm vor: Wie mit einem Zauberschlage waren die teilnahmslosen Züge verwandelt. In Hast überflog er die Zeilen:

„Vergißmeinnicht.

Ach, wie sehne ich mich nach dir! Ist es denn gar nicht möglich, daß wir uns einmal sprechen können? Für wenige Augenblicke wirst du dich wohl losmachen können! Es ist doch zu schrecklich, auf diese kargen Zeilen beschränkt zu sein. Herzlichen Gruß! In treuer Liebe. E."

Und dicht darüber stand eine zweite Annonce:

„Vergißmeinnicht.

P. krank, Rheumatismus. Will sehen, daß ich nachmittags fort kann. In diesem Falle Uraniasäule, Potsdamer Platz. 4 Uhr. Tausendfache Grüße!"

Der alte Schlafrock flog in die Ecke, und der Ausgehrock sowie die Stiefel konnten sich nicht mehr erinnern, mit solch fabelhafter Fixigkeit angezogen worden zu sein, wie eben jetzt! Der Rheumatismus war wie weggeblasen. Kaum daß sich der Eilfertige Zeit ließ, auf die Uhr zu sehen: „In fünf Minuten vier Uhr. Ha, ich fasse sie doch noch! Eine Droschke erster Güte!" Und dahin flog die wilde Jagd!

Es war wenige Minuten nach Vier, als der Wagen in den Potsdamer Platz einlenkte.

Aber an der Uraniasäule war nichts zu erblicken. Wenn die Liebenden sich hier getroffen — Tugendreich zweifelte noch immer, es war ja auch gar nicht möglich: seine Else! — so mußten sie fürchterlich pünktlich gewesen sein.

Aber dort! Ein Stück die Königgrätzerstraße hinauf — schimmerte da nicht Elsens blaues Kleid?! Wie ein Schnell=läufer war der wohlbeleibte Rentier hinter dem Kleide her! Und — er hatte sich nicht getäuscht — wahrhaftig — sie war's!

Und am Arme dieses gottvergessenen Wittig! Ha, auch das noch! Das war also der „C." gewesen! Tugendreich hatte es sich beinahe gedacht, dem Kerl sah das ähnlich!

Aber Ruhe, Fassung, Johannes! Vor allem keinen Skan=dal auf offener Straße. Möglichst unauffällig näherte er sich den Missethätern.

Inzwischen hatten Else und Kurt einige glückliche Minu=ten verlebt. Wer vermag die Wonne eines solchen Wider=sehens zu beschreiben? Und was hatten sie sich alles zu er=zählen! Selbstverständlich war eines der ersten Dinge, die an die Reihe kamen, der Vergißmeinnichttopf.

Kurt erschrak. „Aber Else, war das nicht sehr unvor=sichtig? Wie leicht kann dein Papa dadurch etwas merken?"

„Ach," lachte Else, „Papa achtet gewiß nicht auf den Topf, und dann liest er niemals die Annoncen —"

„Guten Tag, meine Herrschaften!" tönte plötzlich die Stimme Tugendreichs an ihre entsetzten Ohren.

Wenn sich die Erde vor ihnen aufgethan hätte, die toten=blaß gewordene Else wäre mit dem größten Vergnügen in den Spalt hineinspaziert; aber die verehrte Allmutter that ihr leider diesen Gefallen nicht. Also galt es, den Sturm auszuhalten.

Johannes weidete sich an dem Anblick seiner Opfer!

„Na, lassen Sie man gefälligst den Arm von meiner Tochter

wieder los, verehrter Herr!" höhnte er, „ober meinen Sie vielleicht, daß wir drei miteinander einen gemütlichen Spaziergang machen würden?"

„Ich hätte meinerseits nichts dagegen einzuwenden," brachte Kurt mit grimmigem Galgenhumor hervor.

„Herr! Wollen Sie vielleicht noch frech werden?" brauste Tugendreich auf, „wir sprechen uns noch, Sie — Sie — komm, du ungeratenes Kind!" wandte er sich zu der zitternden Else; da er trotz seiner Wut bemerkte, daß die Vorübergehenden dem kleinen Vorfall Aufmerksamkeit zu schenken begannen, „keinen Widerspruch!" Damit faßte er das bebende Mädchen hart am Arme und zog es mit sich fort.

Und da stand Kurt — geknickt, verzweifelt, vernichtet. Jetzt, jetzt war alles aus! Stundenlang durchirrte er ziel- und planlos die Straßen, bis er sich — war es Gewohnheit oder Instinkt, vor Siechens Hausthür wiederfand. Und da fand er denn, wenigstens vorübergehend, Trost. Der Schleier der christlichen Nächstenliebe decke seinen nächtlichen Heimweg!

* * *

Bei Tugendreichs war noch immer böses Wetter. Der Papa grollte fürchterlich, um so mehr, als Else sich unbedingt weigerte, mit diesem elenden Verführer jede Verbindung auf alle Zeit abzubrechen. Die Wangen des Mädchens wurden immer bleicher. Der Hausarzt machte ein ernstes Gesicht, der Papa begann ängstlich zu werden. Aber dem „Trotzkopf" nachgeben, alles vergeben und vergessen sein lassen — wo Elschen so gar keine Reue oder Entgegenkommen zeigte, nein, das hieße der väterlichen Autorität zu viel vergeben!

So traf der zurückkehrende Fritz das Haus seines Onkels in Trübsinn und Traurigkeit. Else hatte ihm gleich das Geschehene erzählt. Was war da zu thun?! Mit dem Onkel war über diese Angelegenheit absolut nicht zu reden.

Tugendreich hatte sich die bloße Nennung des Namens des „verhaßten Menschen" so energisch verbeten, daß Fritz einsah, es sei das beste, wenigstens vor der Hand die Sache unbedingt ruhen zu lassen. Der hilfreiche Vetter mußte sich also darauf beschränken, die Vermittlung der Botschaften zwischen den Liebenden wieder zu übernehmen.

Aber Else wurde immer blasser und stiller und der Papa immer ängstlicher und — versöhnlicher. Sein Zorn über den „Tugendbold" begann nun doch langsam zu erkalten, mit dem Stammtisch hatte er sich auch wieder ausgesöhnt, kurz, er fing an, die ganze Angelegenheit mit anderen Augen anzusehen. Vielleicht trug zu der letzteren Thatsache auch der Umstand etwas bei, daß Tugendreich „ganz zufällig" vernommen hatte, daß Wittig kürzlich mit Glanz seinen Assessor gemacht habe. Und dazu kam nun die Sorge um Elsens, seiner einzigen Tochter, Gesundheit. Wahrhaftig, er hätte jetzt sehr gern eingelenkt, wenn er nur gewußt hätte, wie. Aber er konnte doch nicht anfangen, und Else that es auch nicht.

Eines Tages war Fritz wieder einmal gekommen, Else war auf ihrem Zimmer, sie litt an Kopfschmerzen. Die Unterhaltung zwischen Neffen und Onkel schleppte sich mühselig dahin.

Da wurde eine Dame gemeldet, Frau Werner, die Gattin des Herrn, der sich das Gedicht zur Silberhochzeit vergeblich von Wittig ausgebeten hatte.

Einige landläufige Redensarten: wie geht's, wie steht's, etwas Wetter, etwas Theater. Dann stockte die Unterhaltung, aber nicht für lange, die Dame war nicht ohne eine bestimmte Absicht gekommen; machte sie doch schon seit gestern Vormittag die Runde bei allen nahen und entfernten Bekannten, sie hatte eine Neuigkeit zu erzählen! Eine Neuigkeit! Und was für eine!

Nach einer, allerdings nur kurzen Kunstpause — sie wollte heute noch zu vier anderen Familien — schoß sie los: „Wissen

Sie schon von Herrn Wittig, der ja doch auch bei Ihnen verkehrt hat? Nein? von seinem Gedichte? Haha! Ein netter Dichter! Haben Sie geglaubt, das Gedicht, das er damals bei Krausens vortrug, sei von ihm? Wir nicht, ich habe gleich zu meinem Manne gesagt, ich traue dem so was nicht zu! Und wissen Sie, wie wir dahinter gekommen sind? Wir haben da in nächster Zeit eine Silberhochzeit in der Familie, nun wollten wir dem Paare eine kleine Aufmerksamkeit erweisen, ein Gedichtchen oder dergleichen machen, wir bekommen aber keins richtig fertig, und mein Mann geht nun ganz offen — wir wollten uns nicht mit fremden Federn schmücken, nach einem litterarischen Bureau, um sich ein bißchen helfen zu lassen. Das meiste hatten wir schon gemacht. Und nun, denken Sie sich, das erste Gedicht, das der Dichter meinem Manne als Probe seines Könnens vorlegt, ist kein anderes, als das, was der saubere Herr Wittig uns damals vorgetragen hat. Mein Mann ist natürlich ganz weg vor Staunen, er fragt, der Dichter will nicht recht mit der Sprache heraus, dann aber — na, das übrige können Sie sich wohl denken. Was sagen Sie dazu? So eine Falschheit! So ein Mensch! Netter Dichter! Haha!"

Fritz hatte bei der Nennung des geächteten Namens ängstlich auf den Onkel geblickt, der aber war merkwürdigerweise ganz ruhig geblieben, nur daß er aufmerksamer zuhörte, als vorher. Dann aber, als die Rede nun auf das Gedicht kam, wagte Fritz ihn gar nicht mehr anzusehen. „Herr Gott," jammerte der treue Freund in seinem Innern, „was wird das nun wieder werden!" Jetzt versuchte er Wittig, so gut es ging, zu entschuldigen. „Soviel er sich erinnere, sei Wittig dazu gedrängt worden, das Gedicht zu machen! Es sei ja nun gerade nicht sehr schön, doch .."

Aber er hatte mit seiner Verteidigung bei Frau Werner kein Glück wegen des abgeschlagenen Silberhochzeitsgedichts. „Für sie sei Herr Wittig einfach unmöglich geworden, so ein Betr — —."

Doch da bekam Fritz plötzlich eine Unterstützung, und zwar von der Seite, von der er sie am allerletzten erwartet hatte, von Johannes Tugendreich!

Dem war es wie eine Erleuchtung von oben gekommen, hier, hier war der heiß ersehnte und herbeigewünschte Ausweg aus all der Not und Sorge gegeben. Wittig hatte das Gedicht gar nicht gemacht, also war er auch nicht an dem Verse schuld und habe ihn, Tugendreich, auch nicht beleidigen wollen.

Man kann gerade nicht behaupten, daß die Reflektionen Tugendreichs an allzu großer logischer Schärfe litten, aber der scherte sich jetzt den Teufel um Logik und ähnliche gute Dinge. Hei, wetterte er zu Gunsten Wittigs auf die ganz erstaunte Frau Werner los. Schließlich wurde er sogar beinahe unhöflich.

„Er wisse sich ganz genau zu erinnern, daß Herr Wittig dazu gedrängt worden sei, ein Gedicht zu versprechen, der junge Mann habe ausweichen wollen, aber die Gesellschaft habe es nicht geduldet. Und daß er sich nicht habe blamieren wollen, sondern, da er es nicht selbst gekonnt habe, zu einem Dichter gegangen sei und sich's habe machen lassen, das sei doch wahrhaftig nicht so schlimm! Es sei sogar ganz schlau gewesen, und er, Johannes Tugendreich, würde es im gegebenen Falle genau ebenso machen, und wohl jeder andere ebenfalls. Ob Herr Werner gerade allen Verwandten erzählen würde, daß er das Gedicht für die Silberhochzeit auch nicht allein gemacht habe, erlaube er sich auch ganz ergebenst zu bezweifeln — —"

„Aber erlauben Sie, Herr Tugendreich, das ist doch auch etwas ganz anderes, wir haben das Gedicht allein gemacht, das bißchen Feilen und Abrunden — —"

„Na, na, liebe Frau Werner, wir wollen darüber nicht streiten. Aber um nochmal auf das Wittigsche Gedicht zurückzukommen, so hat die Sache für mich noch eine bestimmte Seite. In dem Gedichte kam, wie Sie sich wohl erinnern werden, eine Stelle vor, die mich beleidigte, und infolge dessen ich dem jungen Manne, den ich sonst sehr hoch schätze, mein Haus verbot. Ich freue mich nun, thatsächlich, ich freue mich herzlich, daß er das Gedicht gar nicht gemacht hat, und mein Haus steht ihm von nun an wieder offen."

Frau Werner war über die unerwartete Wendung der Dinge ganz verblüfft, aber sie war zu klug, um nicht zu merken, woher der Wind wehte. Sie schwenkte daher schleunigst ein, sie wollte es durchaus nicht mit dem einflußreichen, wohlhabenden Herrn Tugendreich verderben.

Sie empfahl sich bald, hatte sie doch eine noch weit größere Neuigkeit zu erzählen, die voraussichtliche Verlobung Elsens und Herrn Wittigs.

Und Fritz — Fritz war vor Erstaunen starr, aber er sollte noch viel starrer werden. Tugendreich wollte keinen Augenblick mehr verlieren. Kaum war Frau Werner fort, als er sich an Fritz wandte: „Du, wann kannst du denn deinen Freund treffen?"

„Den kann ich sehr bald treffen, er arbeitet regelmäßig nachmittags zu Hause, also brauche ich nur hinzugehen," sagte Fritz verwundert.

„Das trifft sich ja ausgezeichnet!" erwiderte Tugendreich, „dann bringe ihn mir so schnell als möglich her, aber beeile dich, daß ihr zum Abendbrot wieder hier seid!"

„Aber was willst du denn mit ihm machen?" staunte Fritz noch immer.

„Mensch, Neffe, du bist ja das reine Fragezeichen!" kollerte Tugendreich vergnügt hervor. „Jedenfalls beabsichtige ich nicht, ihn zum Abendbrot aufzuessen, wie du anzunehmen scheinst."

Dann rief der Rentier Else, ohne auf ihre Kopfschmerzen Rücksicht zu nehmen: „die werden schon heilen!"

„Else, richte etwas mehr und besser zum Abendbrot an, wir bekommen Besuch!"

„So?" meinte Else teilnahmlos.

„Ein guter Bekannter; laſſe auch ein paar Flaſchen Wein aus dem Keller holen, und dann — dann ſtelle auch zwei Püllchen Sekt kalt — wer weiß, ob wir's nicht auch brauchen können!"

Elſe wunderte ſich. Sekt war, ſo lange ſie denken konnte, nicht bei ihnen getrunken worden; aber ſie fragte nicht, es lohnte ſich nicht der Mühe, über ſolche Kleinigkeiten zu reden.

Johannes überlegte. Sollte er ſie lieber noch weiter vorbereiten? Beſſer iſt beſſer, gar zu große Freude, beſonders ſo ganz unerwartete, kann auch ſchaden.

„Elſe," fing er wieder an, „du kennſt den Herrn auch, er iſt ein guter Bekannter von dir!"

Jetzt endlich fiel ihr des Papas merkwürdiges Gebaren auf.

„Elſe — eigentlich — würdeſt — du kaum erwarten — den Herrn hier bei uns zu ſehen!"

Jetzt hatte Elſe begriffen.

„Vater, Vater!" ſchrie ſie auf und ſtürzte ihm um den Hals, daß der auf dieſen Anprall gänzlich unvorbereitete Rentier gar bedenklich ins Wanken geriet. „Iſt er's?" ſtammelte ſie unter plötzlich hervorbrechenden Thränen.

„Jawohl, er!" bekräftigte Johannes ſchmunzelnd. „Uff, das hat aber ſchwer gehalten!" ſetzte er im ſtillen hinzu.

„Aber — aber — warum — wieſo — wie iſt denn das gekommen, wie —?

„Pſcht, pſcht, davon wird jetzt nichts verraten, das kann er dir lieber ſelbſt erzählen! Sei froh, daß er kommt."

„Ja — aber — iſt es denn wirklich wahr? Ich kann es noch gar nicht glauben."

„Na, wenn du uns gar nichts zum Abendbrot vorſetzen willſt, ſo fahre nur ſo fort zu fragen, dann ſtehe ich aber für nichts! So ein hungriger Bräutigam —"

„Bräutigam! Bräutigam!" jubelte Elſe überſelig und jagte zur Küche.

Hei, wie alles flog! Rieke, das Dienſtmädchen, konnte

gar nicht genug staunen, das Fräulein war wie ausgetauscht! Bald mit einem beängstigenden Eifer bei den Töpfen, bald träumend auf dem Küchenstuhl, bald schnell einmal zu Papa ins Zimmer.

Rieke schüttelte bedenklich ihr weißes Haupt, das hatte sicher was zu bedeuten.

Wie lang sich doch so eine Stunde ausdehnen kann! Wirklich entsetzlich!

Aber endlich nahm auch sie, wie alles in der Welt, ein Ende. Und dann — und dann — —!

O, über die Wonne des Wiedersehens! Aus Johannes Tugendreichs Augen perlte eine heimliche Thräne, sie fiel auf den Vergißmeinnichttopf.

———

Montecchi und Capuletti in Berlin.

"Und nun: Samiel hilf!" beendete der junge Dr. Walter seine Erzählung.

"Nein, mein Gutester, das genügt noch nicht!" erwiderte sein Gegenüber, der wohlbestallte Assessor Götze beim Landgericht I. Berlin, "lange nicht! Was hast du mir denn bis jetzt erzählt? Rekapitulieren wir einmal: deine Eltern sind mit der Familie Bügelsack schon lange verfeindet, du liebst die ehr- und tugendsame Jungfrau Fräulein Bettina Bügelsack, die du von Jugend auf kennst, mit der heißesten Glut deiner Seele — —"

"Deine Späße in einer so ernsten Sache —"

"Stille, nicht gemuckst! Aber dir zu Gefallen wollen wir die Sache einmal ernster behandeln, als sie es nach meiner Meinung eigentlich verdient. Also: du hast deine Flamme auf der Eisbahn wiedergesehen, du hast sie auch mehrere Male gesprochen, aber in letzter Zeit wird sie immer von Mama, womöglich auch von dem gestrengen Papa begleitet. Du nimmst an, daß sie ebenso harmlos, wie du es bei deinen Eltern gethan hast, den ihrigen erzählt hat, daß ihr euch getroffen, und daß bei der Gelegenheit die alte Feindschaft wieder in hellen Flammen aufgelobert. Nicht wahr, das ist alles?"

"Stimmt! Und ich dächte, es wäre gerade genug! Höchstens hätte ich hinzuzufügen, daß meine Alten mich jetzt auch mit ihrer Begleitung beehren, und daß sich die beiden feindlichen Elternpaare, wenn sie sich am Rande der Rousseau-Insel begegnen, mit Blicken betrachten — mit Blicken — ich sage dir —"

„Weiß schon, weiß schon! Das thut nichts zur Sache! Aber, wie gesagt, das Erzählte genügt mir lange nicht! Wenn man irgendwie helfend eingreifen will oder soll, muß man die Angelegenheit auch von Grund aus kennen, sonst verpfuscht man mehr, als man hilft! Das solltest du als Mediziner eigentlich auch wissen! Aber jetzt sollst du 'mal den gründlichen Juristen kennen lernen. Also, aufgepaßt! Wieso? Weshalb? Worüber? Warum?"

Der junge Medikus riß erstaunt Augen und Mund auf: „Wie?" fragte er ganz verblüfft.

„Ich meine, wie ist der Streit entbrannt, worüber, warum?"

„Wenn du es durchaus wissen mußt — so war eine verschlafene Küchenfee und eine Weckeruhr an dem ganzen Krache schuld!"

„Was, eine Küchenfee und eine Weckeruhr?"

„Also, wir wohnten vor zehn oder zwölf Jahren mit Bügelsacks in demselben Hause und in derselben Etage. Unsere beiderseitigen Korridore waren nur durch eine dünne Tapetenwand getrennt —"

„Aha," machte der Assessor, „die erste der Ursachen, die dünne Korridorwand!"

„Stimmt! Zum weiteren Verständnis des Folgenden will ich noch bemerken, daß das Schlafzimmer meiner Alten in der Nähe dieser verhängnisvollen Korridorwand lag, während sich auf der andern Seite bei Bügelsacks der Aufgang zum Hängeboden, wo die Küchenfee schlief, befand."

„Aha," machte der Assessor wieder, „die Küchenfee, zweite causa movens!"

„Wäre sie nie erschienen! Also jetzt hast du den notwendigen Situationsplan! Nu los, in medias res! Bügelsacks und meine Eltern hatten sich brillant miteinander vertragen, solange sie in dem Hause wohnten: gemeinsamer Skat, Familienabendbrot, Mittagessen, derselbe Stammtisch für die Herren Väter, Kaffeefeste für die Mütter, Landpartien, alles, alles gemeinschaftlich, in schönster Eintracht und Zufriedenheit; daß Betty und ich uns schon damals gut waren, versteht sich am Rande! Und die Eltern freuten sich darüber. Aber — aber!! Eines Morgens früh um Sechs — werden meine Eltern durch ein fürchterliches Klingeln aus dem besten Schlafe aufgeschreckt — beide fahren aus ihren Kissen auf — die Korridorklingel bei Bügelsacks, die man bei uns infolge der dünnen Tapetenwand genauer hörte, als bei Bügelsacks selbst, rasselte in ganz schauber= erregender Weise! Minutenlang! Dann wird's still! Meine Eltern beruhigen sich allmählich, wahrscheinlich eine Depesche oder so etwas! Hoffentlich nichts Schlimmes! Mein Vater war jedoch den ganzen Tag mißgestimmt; das war er im= mer, wenn ihm der Morgenschlummer fehlte.

„Am nächsten Morgen wiederholte sich das Klingeln. Wo= möglich noch toller als gestern. Na, das geht denn doch über die Hutschnur! Als aber am andern Morgen die Klingelei nochmals unsern Schlaf störte, da riß meinem Va= ter die Geduld, das war zu viel! Kaum hatte es Neun ge= schlagen, als er sich zu Bügelsacks herum begab.

„Frau Bügelsack empfing ihn ziemlich verwundert ob des frühen Besuches. Man kann es meinem an und für sich schon ziemlich cholerisch angelegten Vater wahrhaftig nicht verdenken, wenn er die Dame in ziemlich gereiztem Tone fragte, was das denn mit dem Klingeln für eine Bewandt= nis habe?

„Was denn für ein Klingeln? fragte sie verwundert.

„Na, das früh um sechs Uhr! Wir sind dreimal davon geweckt worden!

„O, das thut mir wirklich leid, meinte sie ganz harm= los, ich wußte gar nicht, daß man das so gut bei Ihnen hören kann! Ich habe nur mein Dienstmädchen damit ge= weckt, das faule Ding verschläft immer. Das hat Sie also gestört? Na, vielleicht steht das faule Ding jetzt ohne Klingeln auf!

„Mein Alter war erst sprachlos vor Ärger, jetzt aber wetterte er los; unerhörte Rücksichtslosigkeit war noch lange nicht das Schlimmste, was die Frau Nachbarin zu hören bekam. Wegen eines verschlafenen Dienstmädchens dreimal aus dem süßesten Morgenschlummer geweckt zu werden! Und jetzt kein Wort der Entschuldigung! Im Gegenteil! Das ‚vielleicht‘ im Schlußsatz stellte sogar eine mögliche Fortsetzung der Klingelei in Aussicht!

„Madame Bügelsack aber ließ sich nicht einmal etwas von ihrem eigenen Manne gefallen, viel weniger von einem Fremden. Sie blieb meinem Vater nichts schuldig: ‚in ihrer Wohnung und auf ihrem Korridor könne sie machen, was sie wolle, und sie werde deshalb nun gerade klingeln, so viel es ihr beliebe!‘

„Der Krach war also fertig! Und am nächsten Morgen klingelte es toller als vordem.

„Mein Vater lief den ganzen Morgen in einer fürchterlichen Aufregung umher. Die Mutter schalt und weinte abwechselnd. Plötzlich gegen Mittag kam mein Vater mit freudestrahlendem Gesicht ins Wohnzimmer gestürzt! ‚Ich hab's, ich hab's!‘ rief er vergnügt.

„‚Was denn?‘ fragte meine Mutter ganz erstaunt, ‚was hast du denn?‘

„‚Ich will meine Revanche haben, und ich will die Leute zwingen, mit der verdammten Klingelei aufzuhören! Und jetzt weiß ich's, wie ich's mache!‘

„‚Da bin ich doch aber neugierig!‘

„‚Wirst du schon sehen!‘

„Am Nachmittag ging der Vater aus und kam mit einem gewaltigen Paket zurück, das sich als eine große Weckeruhr entpuppte.

„‚So,‘ meinte er selbstgefällig, ‚da hätten wir, was wir brauchten. Die stelle ich ganz dicht an die Korridorwand, und dann wollen wir 'mal sehen! In meinem Korridor kann ich thun, was ich will,‘ machte er höhnisch Frau Bügelsack nach.

„Am nächsten Morgen um fünf Uhr raſſelte das Dings denn wirklich los, es machte einen Höllenlärm. Der Vater hatte zur Vergrößerung des Rabaus die Uhr auf einen hoh= len Topf geſtellt. Die Wirkung war überwältigend! Nicht nur Bügelſacks, das halbe Haus hörte den Lärm. Die er= ſteren ſamt ihrer Küchenfee ſtürzten entſetzt auf den Korridor.

„‚So wird's jetzt alle Tage gemacht,‘ ſchrie mein Alter durch die Korridorwand. ‚Wir wollen ſehen, wer's länger aushält!‘

„Aber das Vergnügen währte nicht lange. Der Haus= verwalter legte ſich infolge mehrſeitiger Klagen von Mitbe= wohnern ins Mittel; mein Vater mußte zu ſeinem größten Ärger die ſchöne Klingelei ſchon am nächſten Tage aufgeben. Bügelſacks triumphierten!

„Nun kündigte mein Vater die Wohnung, wir zogen aus. Die Feindſchaft blieb beſtehen, wenn ſie auch im Laufe der Zeit und durch die räumliche Entfernung ſich etwas abkühlte. Ich traf mich manchmal zufällig, aber wirklich zufällig, mit Betty; das brave Ding ließ ſich auf Rendezvous, Verabre= bungen oder ſolche Geſchichten hinter dem Rücken der Eltern nicht ein. Dann ging ich fort von Berlin, du weißt ja, nach Heidelberg 2c., und jetzt habe ich ſie alſo wiedergeſehen — Gott ſei Dank, da wäre ich bei der Gegenwart angelangt! Na, was ſagſt du nun?!"

Der Aſſeſſor ſchwieg noch eine ganze Weile: „Donner= wetter," brach er dann los, „die Sache ſteht doch kribblicher, als ich dachte! Aber — na, wir werden ſehen! Ich muß mir die Angelegenheit erſt einmal beſchlafen!"

Die Freunde trennten ſich bald. Der Aſſeſſor wollte un= geſtört nachdenken, und das könne er am beſten in der Stille ſeines Zimmers.

Am nächſten Morgen lag der Doktor noch in ſüßem Schlummer, als der Aſſeſſor hereinſtürmte.

„Hurra, ich hab's!"

„Was haſt du?" fragte der Doktor ſchlaftrunken.

„Mensch, Mediziner, Schlafmütze! Höre! Staune! Das Mittel, dich mit der Dame deines Herzens zusammenzubringen! Und du jubelst und springst nicht, wie ein Füllen? O, über diese fischblütigen Äskulape! Springe! Juble! Oder ich verrate dir das Mittel überhaupt nicht!"

„Na, ich kann doch im Nachthembe keinen Freudentanz aufführen! Ich bin wirklich begierig, was du Schlaues ausgeheckt hast."

„Bitte sehr, keine so ironische Miene, die kann ich auf den Tod nicht ausstehen."

„Tout, comme vous voulez!"

„Nun merke dir genau, was ich dir verkünde; also erstens: ich werde mit deiner Angebeteten zusammen Schlittschuh laufen."

„Was? — ha, ha — die läuft nicht mit dem ersten Besten."

„Erster, bester ist gut, aber das laß nur meine Sorge sein. In zweiter Reihe wirst du pünktlich zur Stelle sein. So lange ich mit der Dame fahre, hältst du dich möglichst fern von uns und auch von den Eltern. Übrigens wäre es der besagten Eltern wegen gut, wenn wir thun, als ob wir uns gar nicht kennen. Wenn ich dann aber die Dame losgelassen habe, dann halte dich in der Nähe von ihr auf, aber natürlich auch ganz unauffällig; das weitere wird sich finden! Also alles begriffen? Bon! Ich muß jetzt fort. Auf Wiedersehen auf dem Eise!"

* * *

Es war an dem wunderherrlichen Wintertage ein fröhliches, buntes Leben an der vielbesungenen Rousseau-Insel. Das wogte und glitt durcheinander, das lachte und jauchzte, das summte und sang, als ob alle Traurigkeit und aller Trübsinn für immer aus der Welt verbannt seien, und dafür eitel Freude, Glück und Seligkeit herrsche.

Und doch befand sich unter all den frohen Menschen einer,

dessen Herz in einem seltsamen Gemisch von Sehnsucht, Zagen und Furcht — und einem, beim besten Willen nicht zu unterdrückenden Bißchen Eifersucht gar wunderbar bewegt wurde. Die Unterredung des Paares, das er, aus respektvoller Entfernung, mit gespanntester Aufmerksamkeit verfolgte, dauerte auch gar zu lange und war ganz merkwürdig lebhaft! Daß es keine besonders beneidenswerte Lage ist, aus der Ferne zusehen zu müssen, wie sich ein anderer, und wenn es auch der beste Freund ist, mit dem Gegenstand seiner Liebe unterhält, und so eifrig unterhält, wie das hier der Fall war, wird jeder Eingeweihte ohne weiteres zugeben. Und was das so schnelle und wunderbare Eingehen auf die Absichten des Assessors anbelangt, so konnte der gute Doktor eben nicht wissen, daß der Freund bei seinen Annäherungsversuchen dem erstaunten und verwirrten Mädchen schleunigst zugeflüstert hatte, er komme im Auftrage des Doktors.

Da hatte sich das erst recht abweisende Gesichtchen seines Gegenüber plötzlich aufgehellt, und die Unterredung wurde gewährt.

Und die dauerte und dauerte fort. Der Doktor wurde immer erregter. Krach! Da hatte er wieder einen Puff weg. Was blieb er auch mitten in der Bahn stehen! Und da wieder! Mindestens zehnmal war er schon angerempelt worden; das machte ihn auch nicht gerade ruhiger.

Und die Unterredung währte noch immer. Den Doktor faßte eine gelinde Wut. Er war jetzt bald so weit, daß er ungeachtet aller Verabredungen und Besprechungen hinfuhr und das Paar trennte, im Notfalle mit Gewalt. Mochte daraus werden, was da wollte!

Aber zu seinem Glücke kam es doch nicht dazu.

Der Assessor verabschiedete sich.

Aber nun wieder der lange, verständnisinnige, weiß Gott, fast zärtliche Blick beim Abschied.

Nein, das war zu viel! So viel Selbstbeherrschung und Glaubenskraft besaß er denn doch nicht.

Vergessen war die Anordnung des Assessors, ihn nicht zu kennen, vergessen alles andere: wie eine losgeschossene Kanonenkugel sauste der grimme Medikus auf den fröhlich schmunzelnden, Kreise ziehenden Rechtsgelehrten los.

„Du wirst mir sofort sagen — —" wetterte er auf mindestens zehn Schritt Entfernung den Ahnungslosen an.

„Mach', daß du wegkommst!" eiferte der andere, „da drüben steht die Mama!"

„Das ist mir ganz egal!" wütete der Doktor, „ich will auf der Stelle wissen, was du mit Betty vorgehabt hast!"

Der Assessor sah, daß mit dem Wütenden nichts anzufangen war. Wenn er nicht nachgab, war ein richtiger Skandal zu befürchten. Dann war alles verloren.

„So komm wenigstens aus dem Trubel raus! Hier links rum — hier ist es stiller!"

Der Doktor willfahrte ihm.

„Also, wenn du es denn durchaus wissen mußt — aber alle Folgen auf dein Haupt — ich habe die junge Dame überredet, sich den Fuß zu verstauchen; d. h. natürlich bloß zum Schein. Mach doch kein so dummes Gesicht, begreifst du denn noch immer nicht: sie fällt hin, du willst sie aufheben, es geht nicht, der Fuß ist verstaucht, du hilfst ihr, begleitest sie, heilst sie, heiratest sie! Ja, ja, die Mediziner! Immer etwas schwer von Begriffen!"

Der Doktor ließ den Freund reden, er hörte gar nicht mehr auf ihn. In seinem Kopfe wirbelt es. Natürlich begriff er jetzt den Plan des Assessors, aber — er hatte wahrlich mehr als ein Aber dagegen einzuwenden. Nein! dazu gab er nie und nimmer seine Einwilligung, geschweige denn, daß er jetzt als Mitwisser und Mitschuldiger mitwirkte. Einem solchen Betruge — das war es doch — wollte er sein Lebensglück nicht verdanken.

„Da hast du was Nettes ausgeheckt!" schnauzte er ihn an, „ich thue da auf keinen Fall mit! Verstanden?!"

Und damit fuhr er los und ließ den ganz Verblüfften stehen.

Allmählich aber wurde er ruhiger. Was nun?! Das einfachste war, wenn er Betty so bald als möglich aufsuchte und ihr sagte, daß diese verwerfliche Komödie unbedingt unterbleiben müsse.

Gedacht, gethan!

Da drüben fuhr sie. Es traf sich gut, die Mama drehte ihr den Rücken zu.

Schon war er bei ihr und wollte sie ansprechen — da — — plötzlich verwickelte sich die sonst so gewandte Läuferin mit den Spitzen ihrer Schlittschuhe — und rutschte — und fiel — und lag!!

Er beugte sich über sie, um ihr behilflich zu sein.

„Bitte, stehen Sie auf! Ich spiele die Komödie nicht mit!" flüsterte er ihr dabei zu.

Ein tiefes Rot überflammte die nieblichen Züge. Sie versuchte, sich aufzurichten. Aber —

„O, thut das weh!" entschlüpfte es unwillkürlich den rosigen Lippen.

„So lassen Sie doch die Komöd — —" wollte der Doktor auffahren.

„Nein, nein, ich — o mein Fuß —!"

Die Thränen traten ihr in die Augen. Dabei wurde ihr Gesicht plötzlich ganz weiß vor Schmerz und Schreck. Das konnte doch nun unmöglich noch Schauspielerei sein!

Der Mediziner erwachte in ihm.

„Wollen Sie es nicht einmal vorsichtig versuchen, aufzustehen?" Damit faßte er sie frei unter den Armen und half. „So, sehen Sie, es geht!"

Es ging, allerdings unter sehr heftigen Schmerzen. Der Doktor atmete auf: er durfte hoffen, das nichts gebrochen war.

„Wir wollen sehen, daß wir bis zu der Restauration kommen. Stützen Sie sich recht fest auf mich. Nur Mut! Wollen Sie die Güte haben, die andere Seite zu nehmen?" wandte er sich mit einer Selbstverständlichkeit und Kaltblütigkeit, als ob er alle Tage mit der Dame spräche, an die inzwischen herbeigestürzte, vor Schreck jedoch jedes Wortes und jeder Bewegung unfähige Mama. „Es ist nichts Schlimmes, wahrscheinlich eine unbedeutende Verstauchung," setzte er beruhigend hinzu.

Die trostreichen Worte gaben der armen Frau ihre Beweglichkeit wieder, auch ihrer Zunge.

„Betty, aber Betty —" wollte sie zu jammern loslegen, aber der Doktor wehrte energisch ab.

„Vor allem unter Dach und Fach, damit ich nachsehen kann, was geschehen! Bitte, helfen Sie!"

Mama Bügelsack gehorchte mit einer Schnelligkeit wie nie zuvor und nie wieder in ihrem Leben. Die Ruhe des jungen Arztes und die Selbstverständlichkeit, mit der er sich zum Herrn der Situation gemacht hatte, wirkten mächtig auf sie ein.

Langsam und vorsichtig ging's zu der Restauration, natürlich gefolgt von einem gewaltigen Schwarm Neugieriger.

Der Doktor zog seiner „Patientin" das Stiefelchen aus, so sanft und leise, daß es kaum weh that. Dann untersuchte er den Fuß: wer von beiden dabei mehr rot wurde, ist schwer zu entscheiden. Am Knöchel zeigte sich eine leichte Anschwellung, ein Bruch war jedoch, soweit sich das hier entscheiden ließ, nicht vorhanden.

Nach Haus!

Natürlich setzte sich der Doktor mit in die herbeigeholte Droschke, ebenso selbstverständlich begleitete er seine Patientin hinauf und machte ihr, ohne sich um die erstaunten Augen des Hausherrn irgendwie zu kümmern, auf dem Sofa ein bequemes, kunstgerechtes Lager zurecht. Erst als er alle notwendigen Anordnungen getroffen, empfahl er sich, aber nicht ohne der besorgten Mama versprochen zu haben, abends noch einmal nachzusehen. — —

Betty war in recht gedrückter Stimmung; zwar mit dem Fuße ging es nicht schlecht, sie hatte gar keine Schmerzen mehr und sollte ihn nur noch schonen, aber der Doktor war so merkwürdig zu ihr, so ernst, gemessen, so kalt! Gar nicht ein bißchen freundlich!

Der junge Arzt kämpfte einen schweren Kampf. Er konnte es nicht verwinden, daß sich Betty wirklich zu einer solchen frivolen Täuschung hatte hergeben wollen. Auf der andern Seite wollte ihn fast das Mitleid übermannen, wenn er sie so daliegen sah, so blaß, still, geduldig die anfangs wahrlich nicht geringen Schmerzen ertragend! Na, und wie singt doch Scheffel:

    Mitleid ist ein gutes Erdreich
    Für das zarte Pflänzlein Liebe . . .

So fand der Assessor, als er sich nach einigen Tagen vorsichtigen Abwartens wieder bei dem Doktor einstellte, den Boden für seine Saat recht gut vorbereitet und den Doktor für seine Vorstellungen, daß doch Betty nur aus Liebe zu ihm eingewilligt habe, zugänglicher, als er eigentlich zu hoffen geglaubt hatte. Und als an demselben Tage Mama Bügelsack gelegentlich seines Krankenbesuches sich nach dem Ergehen der Elten des „Herrn Doktor" erkundigte, da war der Friede eigentlich schon geschlossen.

Und Frau Bügelsack that noch mehr, sie sprach sich, als sich einmal eine Gelegenheit bot, bedauernd über das vor Zeiten Geschehene aus, eine Thatsache, die der Doktor natürlich brühwarm seiner Mutter hinterbrachte, und von da bis zur völligen Versöhnung war es nicht mehr weit.

Nur zwei grollten noch immer: die beiden Väter. Mit den harten Eisenköpfen ließ sich schlechterdings nichts anfangen. Und besonders wollte keiner den ersten Schritt thun.

Da beschloß der Assessor, noch einen Hauptstreich zu wagen: hier mußte ein Gewaltmittel helfen. Dieses Mal aber zog er den Doktor ins Vertrauen.

Nicht weniger als sieben Billets bestellte er im „Deutschen Theater", alle in einer Reihe, Parkett. Ein Vermögen kostete es, aber das schadete nichts. Davon bekam der Doktor brei, die drei andern trug er zu Bügelsacks, bei denen er natürlich längst schon seinen Besuch gemacht hatte; ein befreundeter Redakteur habe ihm die Billets geschenkt, ob die Herrschaften davon Gebrauch machen wollten: „Romeo und Julia" würde gegeben.

Selbstverständlich gingen Bügelsacks. Wer geht denn nicht, wenn es Freibillets giebt. Aber der Hochgenuß, den sich Herr Bügelsack von diesem Theaterbesuch versprochen, schien ihm gleich von Anbeginn an vergällt werden zu sollen.

Als sie hinkamen, saß die feindliche Partei schon auf ihren Plätzen.

Es war ein denkwürdiger Moment: die Mütter grüßten, Betty wurde rot, der Doktor ebenfalls, die Familienoberhäupter maßen sich mit feindlichen Blicken. Nur der Assessor, der in der Mitte saß, that, als ob nichts geschehen wäre. Harmlos unterhielt er sich bald nach der einen, bald nach der andern Seite, bis der Vorhang aufging und das wunderbare Spiel da oben alle Gemüter, auch die der beiden Kampfhähne, voll und ganz gefangen nahm. Es war eben unmöglich, sich der Wirkung zu entziehen. Alles, alles: Streit, Zorn, Haber ging unter und war vergessen!

Und weiter ging es von Akt zu Akt. Dem alten Bügelsack wurde es ganz warm und weh ums Herz, und immer wärmer und weher, und als im letzten Akt die arme Julia sich hinlegte, um zu sterben — da schluchzte er gotteserbärmlich auf, so sehr er sich auch zu bezwingen versuchte.

Dabei mußte er aber doch einen besorgten Viertelsseitenblick auf seinen Nachbar und Gegner werfen. Und da hatte der gute Herr Bügelsack eine große Überraschung und keine schlechte Genugthuung.

Der grimme Kämpe saß mit einem gewaltigen Taschentuch bewaffnet da nnd rieb und wischte sich die Augen aus Leibeskräften, ohne den rinnenden Thränen Einhalt gebieten zu können.

Den beiden Vätern war es gleich ergangen. Da oben

spielte sich für sie nicht das Schicksal fremder Menschen, nein, das der eigenen Kinder ab!

So eine Scene hatte das „Deutsche Theater" doch noch nicht erlebt, speciell im Parkett nicht. Kaum war der Vorhang gefallen, als sich die beiden Väter ansahen, dann sich urplötzlich wie auf Kommando erhoben und — sich in die Arme fielen!

Es war eine herzrührende Scene, die Mütter weinten Bäche, der Doktor hatte Bettys Hand gefaßt, und der Assessor stand da, triumphierend sein Werk betrachtend, die Versöhnung der beiden feindlichen Häuser, Montecchi und Capuletti.

———

Sie lacht.

„So nimm doch an!" drängte Fritz, „Klara kommt auch hin —"

„Was?! Fräulein Klara kommt auch? Aber natürlich nehme ich dann an; warum hast du denn das nicht gleich gesagt?!"

„Soo, sooo," machte mein Freund ganz erstaunt, „also weil Klara hinkommt, sagst du sofort zu! Du, du! das läßt tief blicken."

Ich schwieg verlegen, das war aber auch unvorsichtig gewesen.

„Na, deshalb keine Feindschaft nicht, alter Junge," lachte Fritz gutmütig, „im Gegenteil! Also nun kommst du bestimmt!"

„Ja doch," knurrte ich, „ganz bestimmt."

„Schön, sehr schön! Übrigens noch eins: du hast mir doch gesagt, du hast zwei Paar schwarze Beinkleider. Kannst du mir nicht ein Paar davon borgen? Meine sind schon so schlecht, sie glänzen an den Knieen ganz mondscheinsüchtig!"

„Aber wenn du deinem Alten — —"

„Nein, nein, der läßt mir keine neuen machen, der ist so schon böse auf mich, weil ich ein bißchen über den Etat gelebt habe. Außerdem bekomme ich bis zum Ball gar keine mehr gemacht."

Die Bitte meines Freundes kam mir äußerst ungelegen, ich hatte gar nicht zwei Paar schwarze Unaussprechliche.

Das ich das verflixte Renommieren nicht lassen konnte! Warum hatte ich nun wieder ein zweites Paar hinzugedichtet, bloß um vor meinem Freunde etwas vorauszuhaben.

Aber mich vor dem Bruder meiner angebeteten Klara als Lügner, als blasser Renommist hinstellen? Nein, das ging doch nicht.

„Ja, ja, du kannst sie selbstverständlich haben."

„Kann ich sie gleich 'mal sehen?"

„Sehen!? Sie — sie sind gerade beim Schneider, es war eine Kleinigkeit zu reparieren —"

„Ich kann mich doch aber darauf verlassen, daß sie zum Ball wieder da sind?"

„Ganz sicher!"

„Bon, ich verlasse mich darauf! Übrigens noch eins —"

„Entschuldige, hast du noch mehr ‚übrigens noch eins' in petto?"

„Nein, nein, das ist wirklich das letzte," lachte Fritz, „kannst du mir nicht bis zum Ersten zwanzig Mark borgen? Der Papa giebt mir diesen Monat nichts mehr, und Klara hat mir auch schon ihr bißchen auf dem Altar der Geschwisterliebe geopfert."

„Was? Du hast deine Schwester Klara angeborgt? Du bist ein Scheusal!"

„Wieso Scheusal? Wozu wären denn die Schwestern da, wenn sie nicht ihren geldbedürftigen Studentenbrüderlein ab und zu mit ihrem Taschengelde unter die Arme greifen wollten? Also um wieder auf den punctus puncti zurückzukommen —"

„So gern ich es wollte, lieber Fritz, es ist mir wirklich nicht gut möglich, ich habe selbst nur noch — —"

„Dann kann ich eben nicht mit zu dem Ball kommen, so was kostet Geld, und wenn ich mir den augenblicklichen Standpunkt meines Portemanometers bedenke — brr! brr!"

„Bis dahin gedenke ich Rat zu schaffen! Auf den Ball mußt du unbedingt mit! Von deinem Alten hast du auf keinen Fall etwas zu erhoffen?"

„Eher kommt der Zar nach Berlin! Du kennst doch

meinen Alten genugsam, wenn der einmal sagt, jetzt ist's alle, dann ist's auch alle; und — das hat er gesagt!"

„Nun, dann muß ich eben sehen, es wird schon gehen, jedenfalls kommst du mit."

„Nur zu gern, also die Dinger schickst du zur Zeit?! Adieu!"

„Adieu! empfiehl mich zu Hause!"

Kaum war er fort, als ich zu meinem Freunde Albert stürzte, der mußte helfen, ich forderte die Gefälligkeit natürlich für mich.

Er war sofort bereit: „Wann ist der Ball?"

„Am 30., also in drei Tagen."

„Du, das trifft sich gut, einen Tag vorher brauche ich sie selbst, da bin ich zu einem Hausball eingeladen, aber am nächsten Morgen sende ich sie dir promptestens zu, du kannst ganz unbesorgt sein!"

„Meinen besten Dank im voraus!"

Ich war gerettet.

Jetzt noch einen Schmerzensgang, zu meinem Schuster!

Ich brauchte „notwendigst" ein Paar Lackstiefel, zwar wären die anderen „ohne Lack" sicher auch gegangen, aber „Lack" war Mode, und in unmodernen Tanzschuhen vor meine Klara treten, nimmermehr!

O, wenn ich geahnt hätte, ich wäre eher in Strümpfen zu dem Balle gegangen!

Der Meister begrüßte mich wenig freundlich.

„Na, lassen Sie sich auch 'mal wieder blicken, Herr Lange?"

„Wie Sie sehen, Verehrtester!" erwiderte ich mit möglichster Freundlichkeit.

„Sie wollen wohl Ihre Rechnung bezahlen? Zeit ist mächtig dazu."

„Das will ich heute nun gerade weniger thun, lieber Meister, dagegen möchte ich — —"

„Nee, nee, Neues wird nicht mehr gemacht, erst das Alte berappen — —"

„Aber Meister, zum Ersten ganz bestimmt!"

Der gute Mann wurde kirschrot im Gesicht vor Erregung. „Zum Ersten? Det kenne ich, damit kommen Sie mir lieber man nich, nee, mein Gutester, da suchen Sie sich man enen andern Dummrian! Warum beehren Sie denn gerade mir immer mit Ihre Aufträge?"

„Aber Meister, es arbeitet ja niemand so gut, wie Sie für mich, und am Ersten sollen Sie diesmal ganz gewiß Ihr Geld haben, alles! Ganz bestimmt! Und wenn Sie mich heute im Stiche lassen, dann — dann —"

Die Schmeichelei in Verbindung mit meiner Jammermiene wirkte; ich kannte meinen Mann, für Schmeicheleien war sein braves Schusterherz gar empfänglich, und trotz seiner phänomenalen Grobheit war er doch im Grunde ein herzensguter Kerl.

„Wat wollen Sie denn nu eigentlich haben?" knurrte er.

Ich frohlockte innerlich; wenn er erst so anfing, hatte ich gewonnenes Spiel.

„Ich möchte ein Paar Lackstiefel —"

„Wat, Lackstiefel? Nee, hören Sie, det is 'n bißchen stark! Kann die gewöhnlichen nich berappen und will nu noch gar Lackstiefel! Zu wat denn? Sie wollen uf'n Ball gehen?"

„Stimmt," erwiderte ich vorschnell. Donnerwetter, das war verschnappt.

„Nee, mein Bester, daraus wird nischt! Auf den Ball brauchen Sie erstens nich, und zweitens werden beim Tanzen die Stiefel gleich janz verrungeniert, wenn Sie sie dann wieder nich bezahlen —"

„Aber Meister, ich will sie ja bezahlen und zwar bald, und dann wird bei dem Ball ja gar nicht viel getanzt, es ist ja bei meinem Professor, und deshalb muß ich auch unbedingt hin!"

„So, so, bei Ihrem Professor, na, das ist natürlich was anderes — —"

Viktoria! Ich hatte meine Lackstiefel. O, wenn ich geahnt hätte! Aber wer kann auch in die schwarzen Tiefen einer pechgetränkten Schusterseele blicken!

Der Meister stellte mir eine Bedingung, eine fürchterliche: ich sollte auf keinen Fall mit den neuen Stiefeln tanzen! Er wollte sein Geld resp. die neuen Sohlen nicht riskieren, und wenn ich nicht damit getanzt hätte, könne er sie im Notfalle immer noch als neu verkaufen.

Was sollte ich thun? Ich ging auf die Bedingung ein, aber ich war sofort entschlossen, sie nicht zu halten. Der Meister hatte ja auch keinen Schaden davon, am Ersten bezahlte ich ja doch alles, das hatte ich mir fest vorgenommen. Mich nochmals einer solchen Scene mit meinem Schuster aussetzen?! Nimmermehr, es wird alles bezahlt und zwar sofort!

So war denn alles Notwendige besorgt. Wenn ich jetzt noch etwas Geld geborgt bekam, konnte es losgehen.

Aber das letztere wollte mir nicht glücken, trotz aller Mühe. Die Freunde, an die ich mich wandte, waren alle selbst fürchterlich knapp, so kurz vor dem Ersten!

Die paar Tage waren verstrichen, der Balltag brach heran, ich hatte kein Geld auftreiben können.

Mißmutig zählte ich meine Barschaft, zwölf Mark und wenige Pfennige! Na, im Notfall muß es eben so gehen, wenn Fritz und ich sehr sparsam waren, konnten wir wohl auskommen.

Pünktlich trafen die Unaussprechlichen meines Freundes Albert ein, ich sandte sie sofort an Fritz weiter.

Dann begab ich mich nochmals auf die Geldsuche, vergebens!

Als ich gegen Abend zurückkam, berichtete mir meine Wirtin, daß Albert bereits dreimal bei mir gewesen sei, er müsse mich unbedingt sprechen. Er habe es sehr dringlich gehabt.

Was will denn der? Ein schrecklicher Gedanke durchzuckte mein Hirn, er will seine Inexpressibles wieder haben! Vielleicht ist er plötzlich auch noch eingeladen worden! Aber das ging doch nicht, keinesfalls! Wenn das Glück gut ist, hat Fritz die Dinger jetzt schon an!

Aber was thun, wenn Albert nochmals wiederkommt? Am besten, ich lasse mich verleugnen, ich bin schon weg. Ich instruiere meine Wirtin, sie nickte verständnisinnig.

Nun zur Toilette, es ist höchste Zeit.

Gerade will ich mein blütenweißes Oberhemd anlegen, da klingelte es draußen heftig.

Es ist Albert, deutlich höre ich die Stimme; er scheint furchtbar erregt zu sein.

„Wie, schon weg? Aber haben Sie ihm denn nicht gesagt, daß ich hier war und ihn ganz notwendig sprechen muß?"

„Natürlich habe ich es gesagt," antwortet mein Juwel von Wirtin, „aber Herr Lange hatte es selbst sehr eilig, er hatte vor dem Balle noch einen sehr bringenden Gang."

Darauf längeres Schweigen, Albert überlegte anscheinend.

„Lassen Sie mich, bitte, einmal in seinem Zimmer nachsehen, vielleicht hat er mir etwas auf den Tisch gelegt."

Ich bekam einen Heidenschreck.

„Nein, nein," entgegnete das Juwel, „ich war vorhin drin, er hat nichts hingelegt."

„So? Sie waren drin?" fragte Albert; ich glaubte, ein gewisses Mißtrauen aus seiner Stimme herauszuhören, das ist aber wohl nur mein böses Gewissen.

„Lassen Sie mich jedenfalls noch einmal nachsehen, liebe Frau —"

„Nein, nein, es geht nicht," wehrte die Wirtin, „es — es — sieht so unordentlich aus, es ist noch nicht aufgeräumt —"

„Aber, Frau Linke, wie oft war ich schon hier, wenn Herr Lange noch im Bette lag," drängte Albert und näherte sich meiner Thür.

Ich bin entsetzt, ich bin ratlos!

Da fällt mein Blick auf den offenen Kleiderschrank. Ein Satz! Ich ziehe die Thür zu.

„Er ist wirklich nicht da!" murmelte er, „das hat man von seiner Gefälligkeit! Nie mehr in meinem Leben! — Nu will ich's noch anders probieren, wenn mir's da aber nicht glückt, muß ich ihn eben beim Ball selbst aufsuchen."

Was? beim Ball? Er will mir doch nicht im Ballsaal die Beinkleider wieder abfordern?!

„Apropos, Frau Linke," wandte sich Albert an meine Wirtin, „können Sie mir nicht schnell eine Butterstulle und ein Glas Bier besorgen, ich verspüre plötzlich einen fürchterlichen Appetit."

„Gern, Herr Doktor! Wenn Sie einen Augenblick warten wollen!"

Ich wütete in meinem Schranke. Wenn sich der Mensch hierhersetzte und mit seiner genugsam bekannten Langsamkeit zu essen begann, kam ich sicher zu spät!

Aber ich konnte mich beruhigen, er verspeiste die Stullen mit einer ganz erstaunlichen Hast; infolgedessen konnte ich weit eher, als ich gehofft, aus meinem Kasten heraus. Donnerwetter, die Glieder waren mir ganz steif geworden, eine nette Vorübung zum Tanzen!

Aber jetzt schleunigst die Toilette vollendet und dann hin ins Vergnügen. Ich wollte recht fidel sein, ich hatte es redlich verdient!

Und wie freute ich mich auf Fräulein Klaras Silberlachen!!

Als ich hinkam, tanzte man schon flott. Fräulein Klara hatte mir aber in ihrer liebenswürdigen Weise mehrere Tänze aufgehoben, auch für das Essen war sie noch frei; ich war glückselig!

Eben wollte ich zum Walzer antreten, als Fritz auf mich lossauste.

„Hurra! Goldmensch! Da bist du ja! Einen Augenblick, Schwesterchen, erst muß ich da den süßen Kerl umarmen!"

Und er machte angesichts des ganzen Ballsaals Anstalten, dem Worte die That folgen zu lassen.

„Aber Fritz!" versuchte ich abzuwehren.

„Nein, nein, keine falsche Bescheidenheit! Dem Verdienste seine Krone! Das vergesse ich dir nie, mein Junge! Und die taktvolle Art! So was bekommst nur du fertig! Na adieu inzwischen, meine Tänzerin wartet auch, amüsiert euch gut, also beim Essen, bei Philippi sehen wir uns wieder!"

Damit war er auch schon fort; wenige Sekunden später wirbelte er an uns vorüber. Er nickte mir vergnügt zu.

Was er nur hatte?! So ein Aufhebens wegen ein paar geborgter Beinkleider zu machen! Allerdings, schwer genug war es mir ja geworden, ihren Besitz zu behaupten. Die Viertelstunde im Kleiderschrank war gewiß nicht schön gewesen, ich spürte sie im Rückgrat noch! Aber das konnte Fritz doch alles nicht wissen.

„Aber Herr Lange, wie tanzen Sie denn heute, wir kommen ja gar nicht in Takt," tönte die Stimme meiner angebeteten Klara etwas beleidigt in meine Reflexionen hinein.

„O, Verzeihung, mein gnädiges Fräulein," stotterte ich bestürzt.

Erst bei Tisch sah ich Fritz wieder. Er saß nur wenige Plätze von uns entfernt, an der Seite des hübschen Mädchens, mit dem er den Walzer getanzt hatte; augenscheinlich war er äußerst guter Dinge.

Ich gab meiner Tischnachbarin die Weinkarte. Bescheiden wählte sie Château Larose, zwei Mark, dem Himmel sei Dank!

Aber Fritz? Wenn ich den Klemmer aufsetze, kann ich das Etikett erkennen: Marquis de Terme, 4 Mark 50 Pfennig. Um Gottes willen! Der Unglücksmensch!

Ich versuchte, ihm verstohlene Zeichen zu machen, er versteht mich falsch und trinkt mir zu! Und gleich ein ganzes Glas von dem kostbaren Zeug! Wenn er so fortfährt, muß er bald eine neue bestellen, ich bekomme vor Angst Herzklopfen.

Natürlich leidet darunter die Unterhaltung mit meiner Tischnachbarin. Wer soll sich aber auch in solcher Lage lustig unterhalten? Die Dame wendet sich pikiert zu ihrem andern Nachbar: der Kerl plappert wie eine Wassermühle.

Und jetzt, wahrhaftig, Fritz hat Sekt kommen lassen! Ja, ist er denn des Teufels? Wer kann denn das bezahlen? Ich nicht, da kann er sicher sein!

Und dabei ist der Mensch mordsfidel! Als ob es gar keine leeren Portemonnaies auf der Welt gäbe!

Vielleicht hat ihm sein Vater wider alles Erwarten doch noch einmal herausgeholfen, anders kann ich mir's wahrhaftig nicht erklären.

Da naht sich mir ein Kellner: „Verzeihen Sie, sind Sie Herr Studiosus Lange?"

„Jawohl!"

„Draußen ist ein Herr, der Sie durchaus sprechen will."

Das ist der fürchterliche Albert! Ja, will er denn im Ernste? Aber was thun? Hier kann ich mich doch nicht mehr verleugnen lassen, ich entschuldige mich bei meiner Dame und folge dem Kellner.

Richtig, Albert! Er fährt wie ein Raubvogel auf mich zu.

„Entschuldige, daß ich dich herausrufen lasse," sprudelt er hervor, „dreimal war ich schon bei dir, du hast's doch gefunden, hast du's mit?"

Ich sehe ihn erstaunt an, „natürlich habe ich's gefunden und habe es mit!" Damit streckte ich kühn mein Bein vor, ein schwarzes Beinkleid ist ja von einem andern nicht so leicht zu unterscheiden.

Er beachtete meine Bewegung gar nicht.

„Das ist gut, gieb's rasch her, ich brauche es notwendig!"

Ich machte entsetzt einen gewaltigen Satz rückwärts.

„Was?! ich — ich soll —"

„Na, aber natürlich —"

Ich begann für den Verstand meines Freundes zu fürchten.

„Aber — aber — ich kann doch nicht hier — die Bein=
kleider —"

„Aber wer spricht denn von Beinkleidern? Mein Porte=
monnaie will ich wieder haben!!"

„Waaas? Dein Portemonnaie??!"

„Aber selbstverständlich, ich habe es ja in den Beinklei=
dern stecken lassen, es wäre mir sehr unangenehm gewesen,
wenn ich es verloren hätte, es ist ein Andenken, und außer=
dem waren cirka dreißig Mark darin."

Mir brauste es vor den Ohren, die Gedanken jagten sich
mit Blitzesschnelle, jetzt war mir alles klar! Und dieser
Fritz hat geglaubt, ich habe mir das Geld verschafft und für
ihn in die Tasche gesteckt! Daher auch seine überschweng=
lichen Dankesbezeugungen, daher seine Verschwendung! O
ihr Götter!

Aber vor allen Dingen Ruhe! Fassung! Albert durfte
nichts merken.

„Ja, ja — ich weiß ja — dein Portemonnaie — natür=
lich habe ich es gefunden — aber ich habe es nicht hier."

„Wo ist es denn?"

„Ich — ich habe es zu Hause in meinen Sekretär ein=
geschlossen."

„Verdammt! — entschuldige — das ist aber Pech! Dann
mußt du mir etwas von deinem Geld geben, ich muß doch
wenigstens Abendbrot essen, ich habe den ganzen Tag noch
nichts genossen, als ein paar Stullen bei deiner Wirtin."

„Bei meiner Wirtin?" heuchelte ich.

„Ja, die war so gütig, mir ein paar ganz dicke Stullen
zu verehren, ich sage dir, ich habe sie mit Heißhunger ver=
schlungen."

Inzwischen hatte ich seufzend meine Barschaft halbiert,
sechs Mark er, sechs Mark ich; mir konnte es ja eigentlich
gleich sein, mit wem ich teilte, ob mit Albert oder Fritz,
für den letzteren war ja gesorgt.

Albert machte mir noch die äußerst unangenehme Eröff=

nung, daß er morgen ganz früh kommen werde, sich sein Portemonnaie zu holen, aber ich hatte die Geistesgegenwart, ihn zu bitten, nicht gar zu früh zu kommen, ich müsse doch nach dem heutigen Vergnügen wenigstens ausschlafen.

Das sah er ein, also wolle er um elf Uhr kommen. Wieder einmal gerettet! Gott sei Dank, daß morgen der Erste war, bis elf Uhr war der Geldbriefträger längst dagewesen. Und daß mein Vater den „Wechsel" pünktlich schickte, darauf konnte ich Häuser bauen.

Kaum daß Albert Abieu sagte, so schnell war er fort, der arme Mensch muß einen fürchterlichen Hunger gehabt haben!

Ich fand Fräulein Klara äußerst mißgestimmt über mein langes Ausbleiben und noch mehr über Fritzens entsetzliche Ausgelassenheit: der leichtsinnige Bruder hatte zu viel getrunken, die Flasche Sekt war fast leer!

Aber ich hatte trotz aller Verehrung, die ich meiner reizenden Tischnachbarin zollte, zu wenig Sammlung, um sie wenigstens jetzt gebührend zu unterhalten.

Sie wurde ernstlich böse auf mich, aber ich bemerkte es kaum.

Ich saß wie auf Kohlen, wenn doch die Tafel erst zu Ende wäre! Noch einmal aufstehen ging doch nicht an. Ich ließ Fritz nicht aus den Augen. Endlich, endlich ertönte das charakteristische Stuhlrücken.

Mahlzeit! Ich war erlöst.

Wie ein Tiger auf seine Beute, stürzte ich mich auf Fritz; in einem Nebensaale faßte ich ihn, er war drauf und dran, sich eine neue Flasche Sekt zu bestellen.

Ich ließ statt dessen Selter kommen, das braust auch und ist billiger, außerdem schlägt es nieder.

Glücklicherweise war Fritz nicht einer von denen, die, wenn sie angekneipt sind, hochgradig reizbar und unangenehm werden. Ich Gegenteil, er war weichmütig und nachgiebig gestimmt, der Wein übt bei manchen auch solche Wirkung aus. Und da gelang es denn meiner diplomatischen Beredsamkeit relativ leicht, ihm das Portemonnaie abzujagen.

Ich atmete auf. Wenn ich es nun noch fertig brächte, meine Angebetete wieder zu versöhnen, konnte noch alles gut werden.

Aber mit der Versöhnung wollte es nicht recht glücken, sie war zu tief gekränkt; ich hatte es gründlich mit ihr verdorben. Zwar tanzte sie nach einigem Zögern wieder mit mir, auch in ein Gespräch ließ sie sich endlich wieder mit mir ein, aber die rechte Fröhlichkeit wollte nicht mehr aufkommen, das silberhelle Lachen, auf das ich mich so gefreut hatte, wollte nicht erklingen, so viel Mühe ich mir auch gab; meine besten Witze erzielten kaum einen Höflichkeitserfolg, ein Verziehen der reizenden Lippen, das einem Lächeln verzweifelt wenig ähnlich sah. Endlich verlor ich die Hoffnung.

Früh brachen wir auf.

Auch der Heimweg war recht ungemütlich, wir sprachen wenig.

Eben wollten wir in die Straße einbiegen, in der das Heim meiner Angebeteten lag — da — da —

„Na warten Se man, Herr Lange, det sag ich aber janz bestimmt meinem Meester, det Se in die gepumpten Lackstiebeln nu doch geschwooft haben und noch so ville —"

Fräulein Klara war unwillkürlich stehen geblieben, ich fuhr entsetzt nach dem Rufer herum.

Es war „Karle", der Lehrjunge meines würdigen Schuhmachermeisters.

„I, du nichtsnutziger Lümmel —" wetterte ich empört los.

„Hat sich wat, nichtnutziger Lümmel," höhnte jener, „mein Meester hat mich direkt zum Uffpassen hinjeschickt, und nu sag ich's ihm janz bestimmt! Denn woll'n wir 'mal sehen, wer een nichtnutziger Lümmel is."

Mit dieser orakelhaften oder vielmehr an Deutlichkeit nichts zu wünschen übriglassenden Erklärung verschwand „Karle" um die Ecke.

Fräulein Klara sah mich an — ich sah sie an — — und

plötzlitz — plötzlich tönte ihr silberhellstes Lachen, und sie lachte und lachte und wollte gar nicht mehr aufhören.

Da hatte ich das Lachen, nach dem ich mich so gesehnt hatte!!

Und ich? Ja, was sollte ich thun? Sollte ich den Beleidigten spielen? Das hätte doch sehr einfältig ausgesehen. Und so lachte denn auch ich, erst gezwungen, dann aber von ganzem Herzen, ein Duett, wie man es sich gar nicht schöner wünschen konnte.

Endlich ging uns der Atem aus. Fräulein Klara begann sich zu entschuldigen, es wäre ja gewiß nicht schön von ihr gewesen, aber sie habe wirklich nicht anders gekonnt, und ich möchte es ihr — —

Ich beruhigte sie, und weil wir nun beide in so fröhlicher Stimmung waren und ich sie so gern noch einmal lachen hören wollte, erzählte ich ihr alle meine heutigen Erlebnisse von Anfang bis zu Ende.

Da hatte ich denn noch öfter Gelegenheit, das geliebte süße Lachen zu hören.

Allbieweil und sintemal das Erzählen aber nicht so schnell ging, mußten wir noch lange, lange zusammen bleiben, viele Male gingen wir vor ihrem Hause auf und ab. Ach, ich wünschte, ich hätte noch weit mehr zu erzählen gehabt!

So ging dieser denkwürdige Ballabend viel, viel fröhlicher zu Ende, als ich hoffen durfte.

Am nächsten Tage gab ich Albert sein Geld und Portemonnaie zurück; nach den Beinkleidern fragte er erst gar nicht, und das war gut, denn die hatte Fritz natürlich noch nicht wiedergeschickt.

Außerdem bezahlte ich den Schuster — per Postanweisung.

Einige Wochen später war Fräulein Klaras Geburtstag, ich schenkte ihr eine Bonbonniere, die ich mit vieler Mühe aufgetrieben hatte, einen zierlich nachgeahmten Lackstiefel! Der naseweise Fritz wollte in dem Dinge durchaus einen Pantoffel erkennen!

Eine Nachtwache.

Die Jalousien an den Apothekenfenstern hatte ich ordnungsmäßig herabgelassen, die überflüssigen Gasflammen verlöscht; dann hatte ich mir den Schlafrock meines liebwerten Freundes und Kollegen angezogen, die Schlafpantoffeln desgleichen und es mir in dem alten Lehnstuhl so bequem als möglich gemacht. Einen Schmöker hatte ich da, die Cigarre brannte, es fehlte nichts zur völligen Gemütlichkeit, als eben das Getränk, das ich mir nach bekanntem Rezept aus dem bereits lieblich summenden Wasser und einer entsprechenden Quantität Spiritus vini Cognac, zu Deutsch Cognac, zu bereiten im Begriff war. So fühlte ich mich denn so urbehaglich, wie man sich in einer fremden Apotheke nur fühlen kann.

Eigentlich war es doch ein starkes Stückchen, in der Apotheke des erbitterten Konkurrenten meines derzeitigen Chefs den Nachtdienst zu übernehmen, aber mein Freund Müller hatte so eindringlich gebeten, hatte so rührend an meine Freundschaft appelliert, daß ich guter Kerl selbstverständlich wieder nachgegeben hatte. Seine Braut, d. h. in spe, war ja auf dem Kränzchen, da mußte er doch natürlich hin; sollte und konnte ich es verantworten, wenn er die günstige Gelegenheit, sich der Dame seines Herzens einmal ordentlich zu nähern, sich womöglich auszusprechen, ungenützt vorbeigehen ließ? Nein, das konnte ich doch nicht, um so weniger, als ich bei der Sache eigentlich gar nichts riskierte. Müller hatte mir fest versichert, daß sein Chef noch nicht ein einziges Mal nach Geschäftsschluß revidieren gekommen sei, und selbst wenn dieser Fall einträte — mir konnte es weiter nichts schaden, wenn ich meinen Freund einmal auf ein paar Stunden vertrat. Höchstens konnte mich der Herr Apotheker hinauswerfen und selbst den Nachtdienst überneh= men! Na, darauf konnte ich es schon einmal ankommen lassen, was thut man nicht alles für einen Freund!

Der Grog war fertig! Lieber etwas mehr Cognac! Viel hilft viel! Ha, wie das Leib und Seele wärmt! Herrje, ist das Glas klein, das ist ja schon aus, wenn man's 'mal scharf ansieht! Schadet nichts, machen wir ein neues! Vivat sequens oder vielmehr vivant sequentes!

Wenn es nur jetzt nicht nachtklingeln wollte, es sitzt sich zu behaglich! Auf die Art läßt sich die Sache schon aus= halten.

Ich sehe auf die Uhr, halb Elf; in spätestens zwei Stun= den ist Müller zurück. Die werden schnell genug herum sein! Wenn ich gewußt hätte, daß die Sache so gemütlich werden würde, hätte ich mich gar nicht erst so bitten lassen! Müller ist mir ja auch schon oft gefällig gewesen. Über= haupt ein prächtiger Mensch! Wir kennen uns schon von der Universität her! Herr Gott, was haben wir da alles zusammen angestellt! — Übrigens ist es Zeit, daß er sich nun endlich einmal ernstlich an ein Mädchen heranmacht! Getändelt und geliebelt hat er wahrlich genug! Das war ein alter Fehler von ihm! Schon auf der Universität war er als Don Juan berüchtigt gewesen, und hier im Städt= chen war sein Ruf in dieser Beziehung durchaus nicht besser geworden! Im Gegenteil! Aber dieses Mal ist es ihm heiliger Ernst! Das hat er mir mehr als einmal zuge= schworen! Hoffentlich glückt's ihm! Prosit Müller, ich komme dir was auf deine baldige Verlob — —

Nrrr — reißt mich die Nachtglocke aus meinen beschau= lichen Reflexionen! Na, natürlich, ich hab's ja vorher ge= wußt, wenn's am schönsten ist, wirft einem das Schicksal den berühmten Meteorstein in die Suppe.

Rrrrr — Sapperment, will der Mensch da draußen wohl aufhören, ich komme ja schon!

Ich stürze zur Ladenthür und reiße die Klappe auf. Draußen steht eine Dame; soviel ich im flackernden Scheine der Apothekenlaterne erkennen kann, und soweit man das aus der Figur und der Haltung zu beurteilen vermag, ist sie jung, von dem Gesicht kann ich nichts sehen, sie hat einen dichten Schleier davor.

Ich mäßige meinen Zorn über das unmäßige Klingeln etwas, „gegen Damen muß man unter allen Umständen galant sein" war von jeher meine Devise.

„Sie wünschen, mein Fräulein?"

„Ach können Sie mir nicht ein Brausepulver geben?" piept es von draußen.

Das geht mir aber doch über die Hutschnur: „Was?! Ein Brausepulver?! Deshalb klingeln Sie mich heraus?! Aber das ist denn doch —"

„Ach werden Sie mir nicht böse, Herr Provisor! Ich will es ja gleich hier nehmen! Mir ist plötzlich mit einem Mal so schlecht geworden! Ach bitte, geben Sie mir ein Pulver und ein Glas Wasser!" stöhnte sie. „Ach, mir wird so schlecht — o — ach!"

Ich überlege. Die offenbar Kranke auf der Straße lassen und Pulver und Wasser durch die Klappe reichen, das geht doch nicht gut. Aber hereinlassen in die fremde Apotheke, um elf Uhr nachts? Nein, das geht auch nicht.

Die Dame hatte allem Anschein nach das letztere erwartet.

„Aber Fritz, bist du es denn nicht?" flüsterte sie plötzlich aus einer ganz anderen Tonart.

Nanu??!! Was ist denn das?! Aha, also darauf ging die Sache hinaus? J, seht einmal einer den Kerl, den Müller an! Dort will er sich verloben, und hier hat er noch galante Abenteuer!

Aber was mache ich nun? Die Klappe zu? Das wäre

allerdings das Einfachste gewesen. Eigentlich bin ich doch aber der draußen Stehenden zum mindesten eine Erklärung schuldig. Und dann — und dann — Hergott, ich bin auch kein Unmensch, und so ein kleines, unverhofftes Tete-a-tete — Zum Heiligen habe ich niemals besondere Anlage verspürt!

„Aber was besinnst du dich denn, so mache doch auf!" drängt die Dame.

„Ja doch, ja doch," damit beeile ich mich, die Rolljalousie in die Höhe zu ziehen. Einen leisen Gewissensbiß unterdrücke ich energisch, erstens will sich Müller verloben, es ist also nur recht und billig, wenn ich ihm das Handwerk lege, und zweitens bin ich heute Abend sein Vertreter — also auch in dieser Angelegenheit.

Die Dame schlüpft herein. Ich drehe mich verlegen etwas zur Seite. Daß ich auch die verflixte Schüchternheit dem schönen Geschlecht gegenüber immer noch nicht überwinden kann!

„Na, guten Abend, altes Haus!" tönt es mit einem Mal in tiefem Basse an mein Ohr.

Entsetzt fahre ich herum. Die Dame hat Schleier und Hut abgenommen. Herr Gott, die hat ja einen mächtigen Schnurrbart — das ist — das ist ja ein Mann! Mein erster Gedanke ist natürlich ein verkappter Einbrecher! „Hilfe—" will ich losschreien, aber mein nächtlicher Besuch lacht ja außerordentlich vergnügt über das ganze Gesicht, nein, so sieht doch kein Einbrecher aus!

Plötzlich stutzt er. „Mensch — du — du bist es ja gar nicht!" stottert er hervor.

Ich bekomme meine Fassung wieder: „Ich bin es doch, Verehrtester! Wir scheinen jedoch über die Bedeutung des ‚es' verschiedener Meinung zu sein; ich wäre Ihnen dankbar, wenn Sie mir einige Aufklärungen über diesen Punkt zuteil werden ließen. Mein Name ist Hennig, mit wem habe ich denn das Vergnügen?"

„Ich heiße Brummeisen," bringt er noch immer ganz

verdutzt hervor. „Ich wollte meinen Freund und Verbindungsbruder Müller, der hier Provisor ist oder vielmehr sein soll, auf der Durchreise heimsuchen —"

„Ja — aber, verzeihen Sie, wozu soll denn da die Verkleidung als Dame?" lache ich jetzt los.

„Ein kleiner Scherz für meinen Freund!" lächelt er verlegen, „er ist nämlich in unserer Verbindung als wüste Don Juan bekannt, und da wollte ich ihn ein bißchen necken. Aber ich habe mich wohl geirrt, mein Freund scheint sein Stellung gewechselt zu haben —"

„Nein, nein, Sie haben sich nicht geirrt, unser beiderseitiger Freund Müller ist hier."

„So, wo denn?"

„Augenblicklich ist er allerdings nicht hier, wie Sie sehen. Er ist zu einem Tanzkränzchen, und ich vertrete ihn. Wenn Sie aber auf ihn warten wollen, in ein bis zwei Stunden ist er spätestens zurück. Es soll mich freuen, wenn Sie mir Gesellschaft leisten würden."

„Zu liebenswürdig — wenn Sie gestatten —"

„Aber mit dem größten Vergnügen, mein lieber Herr Brummeisen, zu zweien wartet es sich weit besser, als so allein. Einen steifen Grog habe ich da, Cigarren ebenfalls. Bitte nur zuzugreifen! Wollen Sie sich es nicht ein bißchen bequem machen? Wenn Müller zurückkommt, können Sie ja Ihr famoses Kostüm schnell wieder anlegen, die Überraschung wollen wir uns doch nicht entgehen lassen."

„Wenn Sie erlauben, lege ich ein bißchen ab. Das gottvergessene Ding, das Korsett, drückt nämlich mörderlich!"

„Was? Sie haben auch ein Korsett an?!"

„Natürlich," meint er treuherzig, „wo hätte ich denn sonst die schlanke Taille her! Hab mir's von meiner Wirtin geborgt. Sonst habe ich nur den Mantel über, stammt aus derselben Quelle! Sehen Sie!"

Damit hat er das besagte Kleidungsstück abgeworfen und bemüht sich nun, seinen Körper von einem mächtigen Schnüreib zu befreien! Leider geht das gar nicht so leicht, wie er gebacht hat. Auf alle Arten versucht es der arme Kerl, die pressenden Stangen aufzubekommen, es geht nicht. Er dreht und windet sich vor meinen staunenden Augen wie ein Wurm, zuletzt reißt er an dem Dinge, daß alle Nähte krachen, alles vergeblich, es sitzt wie angegossen.

„Uff," stöhnt er endlich, „würden Sie Ihrer Güte die Krone aufsetzen und mir ein bißchen helfen? Ich bekomme das Ding nicht runter!"

Bereitwilligst springe ich zu, aber auch meine Mühe ist umsonst. Brummeisen schwitzt bereits vor Anstrengung und Unbehagen.

„Na, dann mag das Ding zum Kuckuck gehen," seufzte er endlich resigniert. „Meine liebe Wirtin wird zwar nett schelten, aber das ist mir ganz egal. Haben Sie vielleicht eine Schere da?"

Ich wende mich, eine Schere zu holen.

Da — Rrrrrr — geht die Nachtklingel los, fast noch toller als das erste Mal. Erschrocken fahren wir beide zusammen.

Rrrrrr — rrrrrr! Dazu donnert eine kräftige Faust an die Ladenthür.

Wütend springe ich zur Klappe, dem Klingler werde ich lehren!

„Donner ——!" Der Rest bleibt mir in der Kehle stecken.

Draußen steht mein Freund Müller. Aber — er ist nicht allein, an seinem Arm hängt Fräulein Lieschen, die Angebetete seines Herzens, daneben stehen ihre Eltern, das würdige Ehepaar Pichler.

„Guten Abend, lieber Hennig," begrüßt mich Müller freundlich, „na, das dauert ja so lange, du hast wohl geschlafen! Sei so gut, lasse uns herein. Die gnädige Frau hier hat plötzlich furchtbare Zahnschmerzen bekommen, und ich habe ein probates Mittel dafür. Ziehe, bitte, die Jalousie hoch, hier rechts ist die Strippe."

Ich bekomme einen fürchterlichen Schreck. Heiliger Himmel! Die Damen hereinlassen in die Apotheke zu dem Korsettmenschen! Das geht doch nicht!

„Jawohl, sofort," stottere ich ganz verwirrt und gebe Brummeisen hinter mir durch verzweifeltes Ausschlagen mit dem Fuße ein Zeichen, sich rückwärts zu konzentrieren. Der dumme Mensch versteht mich natürlich nicht. Ich muß unbedingt einen Augenblick Zeit gewinnen.

„So mach doch auf," drängt Müller, „du brauchst ja bloß kräftig hochzuziehen."

„Ja, ja — es — es — geht nicht, es muß sich was verhängt haben, einen Augenblick, ich will nur 'mal nachsehen!"

Damit mache ich kurz entschlossen die Klappe zu und stürze nach hinten.

Den unglückseligen Brummeisen, der sich noch immer vergeblich mit seinem Schnürleib abmüht, in das hinter der Apotheke gelegene Zimmerchen schieben, ihn bitten, sich nicht zu rühren und keinen Laut von sich zu geben — zu weiteren Aufklärungen habe ich wahrhaftig keine Zeit — ihm den Mantel nachwerfen, und zurück zur Ladenthür, das alles ist das Werk weniger Sekunden.

Die Jalousie geht empor, glatt wie ein Theatervorhang.

„Das scheint sich aber böse verhebbert zu haben," meint Müller beim Eintreten. „Die Jalousie geht doch sonst immer wie geölt 'rauf und 'runter. Darf ich die Herrschaften miteinander bekannt machen: mein Freund, Provisor Hennig, Frau Pichler. So und nun setzen Sie sich einen Moment, meine Damen, in einer Minute ist das Mittel fertig." Mit graziöser Handbewegung weist er auf die vor dem Ladentisch befindlichen Stühle, die, um einen Tisch gruppiert, zum Ausruhen für wartende Kunden bestimmt sind. Dann begiebt er sich mit wichtiger Miene zu seinen Phiolen.

Die Herrschaften setzen sich. Herr Pichler nickt sofort auf seinem Stuhle ein.

Frau Pichler beginnt die Unterhaltung.

„Entschuldigen Sie nur, daß wir so spät noch stör — —" plötzlich hält sie inne und starrt entsetzt auf den Tisch.

Ich folge, böser Ahnung voll, ihrem Blick.

Auf dem Tische liegt der Damenhut mit dem Schleier, den der Unglücksmensch, der Brummeisen, aufgehabt hat.

Frau Pichler wird feuerrot, Fräulein Pichler desgleichen, und ich nicht minder.

Zugleich fahren die beiden Damen mit einer Vehemenz wieder von ihren Stühlen auf, als ob die besagten Sitzgelegenheiten plötzlich glühendheiß geworden wären.

Das selig eingeschlafene Familienoberhaupt schnellt als Dritter im Bunde mit einem Schreckensruf empor, vielleicht träumt ihm, es brennt!

„Komm, Alterchen," drängt sein Ehegesponst, halb ängstliche, halb neugierige Blicke in der schlecht beleuchteten Apotheke umhersendend, „wir wollen lieber gehen!"

„Aber deine Zahnschmerzen, liebes Tildchen?" murmelt der schlummertrunkene Gemahl erstaunt.

„Die sind mir vollkommen vergangen — in so angenehmer Gesellschaft!" erwidert das liebe Tildchen, mir einen vernichtenden Blick zuwerfend. Von der Tochter sehe ich gar nichts mehr, sie hält sich mit einer wirklich bewunderungswürdigen Gewandtheit hinter dem allerdings recht stattlichen Rücken der Mama verborgen.

„Komm nur schnell, komm!" drängt die Dame.

Da naht Müller.

„Wie? Die Herrschaften wollen schon gehen? Aber — —"

Da stockt auch er; auch er hat den ominösen Hut erblickt.

Dem Himmel sei Dank, daß Blicke nicht töten, sonst wäre ich hinüber ohne Gnade und Barmherzigkeit. Ich habe gar nicht gewußt, daß auch Müller so vorwurfsvolle Blicke werfen kann.

Er wendet sich wieder zu den Damen, er will retten, was zu retten ist.

„Aber wollen Sie nicht wenigstens das Mittel schnell nehmen, gnädige Frau?" flötet er in den süßesten Tönen, deren seine ausgepichte Kehle fähig ist.

Doch die Alte ist unerbittlich: „Nein, nein, ich danke, Herr Müller! Bemühen Sie sich, bitte, nicht weiter! Die Schmerzen sind mir völlig vergangen."

Da versuchte ich mein Glück: „Aber meine Damen —" Weiter komme ich nicht, das Kreuzfeuer der auf mich gerichteten Blicke ist wahrhaft durchbohrend, zermalmend! Na, dann nicht! Ich hülle mich, im Bewußtsein meiner Unschuld, in Schweigen.

Müller ist verzweifelt. Nochmals bekomme ich einen Blick wie eine Dynamitbombe zugeworfen, dann zieht er langsam=traurig die Jalousie in die Höhe.

Plötzlich erhebt sich in der Hinterstube der Apotheke ein mächtiges Geschrei. „Hilfe! Diebe! Mörder!" schallt es schrill durch die nächtliche Stille.

Familie Pichler und wir beiden Provisoren bilden, im ersten Schreck erstarrt, eine schöne Gruppe.

Dann stürzen Müller und ich zu der Hinterthür.

Aber wir haben sie noch nicht erreicht, als sie mit einem heftigen Ruck geöffnet wird. Im Thürrahmen erscheint der Prinzipal Müllers! Am Kragen hält er den vergeblich sich sträubenden Brummeisen.

Selbstverständlich hat der Unglücksmensch das Korsett noch an. Das Paar nimmt sich im Halbdunkel wirklich recht unheimlich aus.

„Sauve qui peut!" denkt Herr Pichler und ist mit einem Satze im Freien; ich hätte dem beleibten Mann eine solche Sprungfähigkeit, weiß Gott, nicht zugetraut. Fräulein Pichler folgt ihm. Doch mit einem gewaltigen Sprung ist der Apotheker an der Thür.

„Halt! Keiner verläßt das Lokal!" bonnert er. Die Jalousie rasselt wieder herab, Frau Pichler ist gefangen! Ist getrennt von ihrer Familie! Durch eine eiserne Rolljalousie!! Allein bei Nacht mit vier fremden Männern in einer nur schlechterleuchteten Apotheke. Vernichtet sinkt sie auf den nächststehenden Stuhl. Ein Skeptiker würde vielleicht auch etwas Neugierde hinter ihrer „Vernichtung" vermuten, aber das wäre zu entschuldigen; ich muß gestehen, auch ich bin recht begierig, wie sich die Sache weiter entwickeln wird.

Draußen schlägt der gänzlich ermunterte Ehegatte verzweifelt an die Ladenthür. Aber keine Menschenseele hört auf ihn.

Natürlich bin ich, der Konkurrenzprovisor, das erste Opfer des apothekerlichen Zorns.

„Herr!" wettert er mich an, „was soll das heißen? Was haben Sie hier zu suchen?!"

Ich zuckte schweigend die Achseln. Was soll ich dem wutschnaubendem Manne gegenüber auch anderes thun?

Übrigens wird seine Aufmerksamkeit sehr bald von mir abgelenkt. Müller hat Brummeisen erkannt und — in den Armen liegen sich beide!

Jetzt läßt der Apotheker mich stehen und fährt auf das Freundespaar los. Im höchsten Zorn packt er seinen Provisor und reißt ihn von seinem Freunde los.

Müller protestiert energisch: „Das ist ja mein Freund Brummeisen!"

„Hol' der Teufel Ihren Freund!" schreit sein Prinzipal.

„Aber erlauben Sie 'mal!" — Und nun folgen die Aufklärungen, der Korsettmensch sekundiert. Allmählich legen sich die Wogen! — Frau Pichler sieht etwas enttäuscht aus, als der Apotheker sich jetzt bei ihr entschuldigt und sich beeilt, sie ins Freie zu lassen, übrigens sehr zum Glücke ihres wackeren Gemahls, den der Nachtwächter eben wegen nächtlicher Ruhestörung arretieren will.

Bei mir aber entschuldigt sich der Herr Apotheker nicht, das hält er wahrscheinlich dem Provisor seines Konkurrenten gegenüber nicht für nötig.

Doch ich will dem braven Manne nicht unrecht thun, einige Wochen später, als wir zur Verlobung Fräulein Lieschens mit meinem Freunde Müller wieder zusammentrafen hat er es nachgeholt. Zur Hochzeit der beiden führen wir ein Theaterstück auf, das ich gedichtet habe. Freund Brummeisen tritt in einer Damenrolle auf, ich habe sie ihm — natürlich nur bildlich — auf den Leib geschrieben.

Das Freibillet.

Dahin! Fort auf Nimmerwiederkehr war sie, die harmlose Fröhlichkeit meiner neunzehn Jahre, meines bisherigen vergnügten Erdenwandels! Dahin auf immerdar! Keine Ruhe mehr bei Tage, schlechter Schlaf, keine Lust zum Essen, denn — ich war verliebt! Ich hatte „sie" gesehen, „sie", „Ella"!

Herr meines Lebens, was habe ich damals an Selterwasser vertilgt! Literweise! Sie war nämlich kohlensaure Jungfrau in der Bude am Brandenburger Thor. Und da stand ich denn und genoß teils Selterwasser, teils Liebe. Wenn nur nicht der Himbeersaft gewesen wäre! Ich kann Süßes gar so schlecht vertragen: aber vor der Angebeteten meines Herzens „Selter ohne"? — Nicht für den bulgarischen Thron! Unsere Unterhaltung begann fast immer auf dieselbe Art und Weise. Sie lachte regelmäßig, wenn ich kam. Das bot mir dann Gelegenheit zu dem höchst geistreichen Gesprächsanfang: „Warum lachen Sie denn, Fräulein?"

„Ich freue mich, wenn Sie kommen!"

„Na, wer weiß, ob Sie nicht einen anderen Grund haben."

„Sie lassen ja Ihr Selterwasser ganz abstehen!" half sie sich über den heiklen Punkt hinweg.

„Ja so, das Selterwasser — brrr!"

Aber das nützte doch nichts. Übrigens thaten die Helden der Ritterzeit noch ganz andere Dinge für die Damen ihres Herzens, als ein paar Gläser Selterwasser auszutrinken.

Allmählich wurden wir etwas vertrauter, und ich wurde kühner; manchmal ließ ich sogar schon eine ganz leise Zärtlichkeit, eine Andeutung meines Herzenszustandes vom Stapel. Sie kicherte bei solchen Gelegenheiten recht vergnügt. Ich nahm das für ein gutes Zeichen und glaubte mich schon als ihren begünstigten Liebhaber betrachten zu dürfen. Aber wie wurde mir, als ich eines Abends noch an ihrer Bude vorbeiging und dort einen Postbeamten stehen sah, anscheinend im traulichsten, eifrigsten Zwiegespräch mit „meiner" Dame! Ha, wie mich die Eifersucht packte! Aber ich zwang mich zur Ruhe und beobachtete die beiden. Mindestens eine Stunde lang ging ich in dem gegenüberliegenden Baumgange auf und ab. Wie sie plauderten, wie sie schäkerten! Um zehn Uhr schloß sie das Geschäft. Dann wartete das Paar auf die Pferdebahn und fuhr davon. Ich stand da und starrte dem verschwindenden Wagen nach. Was mich damals durchwühlte, durchwogte, durchbebte — die Erinnerung daran macht mich noch heute schaudern.

Endlich ging ich nach Hause. In meinen vier Pfählen ließ ich meinem Zorne freien Lauf. Ha, dieser Postmensch! Ich fühlte etwas von einem rasenden Roland in mir aufsteigen. Meine rollenden Augen fielen auf ein altes Rapier an der Wand. Das riß ich herunter. Sausend durchfuhr die Klinge die Luft. Jeder Hieb zehn tote Postassistenten! Zittere Stephan!

Zwei Tage hielt ich mich fern von der Treulosen. Dann ging ich wieder hin. Sie empfing mich, als ob nichts geschehen wäre, nur wunderte sie sich, daß ich so lange nicht gekommen; wo ich denn gesteckt hätte? Die Schlange! — Ich mußte sie fragen, entstände daraus, was wolle: „Wer war der Postassistent?"

Einen Augenblick stutzte sie, dann aber dämmerte in ihren Mundwinkeln ein verständnisvolles Lächeln auf. „Das — das war mein Bruder, der mich öfters abholt!" So fix und harmlos, so glatt und schlank kam das heraus, daß ein Zweifel an der Wahrheit überhaupt gar nicht möglich war. O, wie ich ihr, der Hohen, Reinen, alles abbat in meinem Innern! „Der Bruder! Jauchze, befreite Seele! Der Bruder!"

An diesem Tage trank ich das doppelte Quantum. Die Folgen waren unangenehm, aber was wollte das besagen gegen das Bewußtsein, daß es „nur" der Bruder war. Am nächsten Tage war die Ekstase langsam der ruhigen Überlegung gewichen, ich hatte sogar einen guten Gedanken. Ich beschloß nämlich, bei unserm nächsten Gespräch noch einmal von der Begleitung des Bruders anzufangen und ihr dann mit kühner Schwenkung die meinige anzubieten für den abendlichen Nachhauseweg.

Gedacht, gethan. Aber ich hatte Pech. Nein, nein, das ginge nicht! Sie fahre auch gleich von der Haltestelle dicht an der Bude bis vor die Hausthür! Und ihr Papa sei so streng!

„Ist der Papa wirklich so streng?"

„Ja, ja — er — er ist Beamter, und Sie wissen ja —"

Ich hätte kein Preußenherz in der Brust haben müssen, wenn mir der „Beamte" nicht ganz gehörig imponiert hätte.

„So? Beamter?" fragte ich interessiert. „Wo ist er denn angestellt?"

„In — in — einem Privatinstitut. Sind Sie doch nicht so neugierig!" fertigte sie mich ziemlich kurz ab.

Mein Mißerfolg entmutigte mich nicht. Ich beschloß, wie ein verzweifelter Spieler, alles auf eine Karte zu setzen, und wagte den großen Wurf.

„Können wir beide nicht einmal einen Ausflug machen, nach Treptow oder Wannsee, oder wo Sie sonst hinwollen?"

„Das geht leider auch nicht. Wochentags muß ich doch immer hier sein, und Sonntags, da muß ich immer mit den Eltern ausgehen!"

Schon wollte ich mich geknickt zurückziehen, da kam der Balsam auf die Wunde. Meine Dulcinea fuhr fort: „Aber wissen Sie, ein Vergnügen könnten Sie mir 'mal machen:

gehen wir zusammen ins Theater! Da mach ich mich schon für einen Abend frei! Ich habe eine Freundin, die mich vertreten kann. Sie haben mir doch 'mal von Freibillets erzählt, die Sie bekommen können. Wollen Sie?"

Natürlich wollte ich das! Mit den Freibillets stimmte es auch so ziemlich. Ich hatte nämlich einen guten Freund im Theater, welcher öfters über Freibillets verfügte.

Ich begab mich zu ihm, und er hatte gerade welche frei und trat sie mir mit Vergnügen ab. Ich sandte eins davon sofort ab mit Rohrpostbrief, den bekam sie noch vormittags und konnte so ihre Vorkehrungen in aller Bequemlichkeit treffen.

Mit zwei roten Rosen geschmückt, harrte ich ihrer am Eingange des Theaters, eine halbe Stunde vor Beginn der Vorstellung. Die Besucher kamen erst einzeln, dann mehr und mehr, sie war nicht darunter. Vielleicht hatte ich, trotzdem ich wie ein Luchs aufgepaßt hatte, sie doch in dem Menschenschwarme übersehen; ich ging in den Zuschauerraum, sie war nicht da. Nochmals vor das Theater, sie kam nicht. Endlich setzte ich mich auf meinen Platz, die Vorstellung mußte jeden Augenblick beginnen. Meine Rosen zogen alle Blicke auf sich. Manche der Umsitzenden lächelten verständnisvoll, manche schadenfroh, vielleicht auch mitleidig.

Es klingelt, der Vorhang geht auf — da drängt sich ein großer, dicker Herr mit stattlichem Schnauzbart, anscheinend ein Gutsbesitzer aus der Provinz, in unsere Bankreihe bis zu mir vor und setzt sich mit behaglichem Schmunzeln auf den für meine Dulcinea bestimmten Platz neben mir.

Ich bin starr und stumm vor Staunen und Verwunderung. Statt eines hübschen, jungen Mädchens ein alter, häßlicher Kerl, da soll einer nun nicht erstaunt sein!

Dann aber fasse ich mich männlich. Das konnte nur ein Irrtum sein, den ich aufklären mußte, denn ich hoffte noch immer, daß meine Dame sich nur verspätet habe.

„Pardon, Sie haben sich wohl auf einen falschen Platz gesetzt?"

Der Dicke sah mich verwundert an und — schwieg. Dann wandte er sich wieder der Bühne zu; eben trat das Corps de Ballet auf, das nahm seine ganze Aufmerksamkeit in Anspruch.

Ich erneuerte meine Attacke etwas stärker: „Pardon, Sie haben sich wohl auf einen falschen Platz gesetzt?"

Jetzt nahm er gar keine Notiz von mir.

Die Nachbarn wurden aufmerksam, einer zischte.

Der Dicke sah mich ärgerlich an, schüttelte verwundert mit dem Kopfe, und mit zwei Fingern langte er in seine Tasche und holte daraus ein zerknülltes Etwas hervor, das er mir in die Hand steckte.

Das „Etwas" war das Billet, mein Freibillet! Ein Zweifel war ganz unmöglich: die beiden gekreuzten blauen Striche!

Das geht doch aber auch über die Hutschnur! Woher hat der Kerl das Billet, mein Billet?!

Plötzlich habe ich's: meine Dame hat es verloren, und er hat's gefunden!

„Herr," knirsche ich so leise, wie es meine Wut zuläßt, „das Billet ist mein Freibillet, das haben Sie gefunden und —"

„Nanu hab ich's aber satt!" wetterte der Dicke plötzlich mit voller Lungenkraft los.

Die Wirkung ist eine überwältigende.

„Scht! Pscht! Scht! Ruhe!" geht es wie ein brausender Sturmwind los.

Da taucht der wachthabende Polizeilieutenant auf.

„Bitte, wollen die Herren mir folgen!"

Mir schlägt das Herz bis an den Hals hinauf. Die neugierigen, höhnischen Blicke! Sapperment! Spießrutenlaufen kann auch nicht schlimmer sein! Draußen stand der Hausinspektor, forderte uns unsere Billets ab und erkannte sie als Freibillets.

„Weiß Gott, meine Herren, zum Dank für Ihre Freibillets hätten Sie sich auch etwas anders benehmen können," bewillkommnete er uns. Das „Freibillet" wirkt auf den Dicken anscheinend wie das rote Tuch auf den Kampfstier. Wie von der Tarantel gestochen fuhr er auf. „Was, Freibillet? Ich habe kein Freibillet. Ich habe mein Billet bezahlt!"

Der Inspektor zieht die Augenbrauen hoch.

„Sooo! An wen waren die Billets heute denn vergeben?" wandte er sich an den Sekretär.

„An Herrn O.," berichtete der diensteifrig.

„Von dem habe ich sie," platzte ich heraus.

„Soo!" machte der Inspektor wieder. Ja, wie kommt denn aber das eine Billet an diesen Herrn da?"

„Das — das — das hatte ich verloren!" stotterte ich.

„Ich habe mein Billet von einem Kellner im Café Bauer gekauft und noch Aufgeld dazu bezahlt," wirft der Dicke ein.

„Nun, ich werde die Angelegenheit näher untersuchen lassen!" bemerkte der Inspektor höchst tröstlich für mich. Das fehlte mir wirklich noch. Wenn die Wahrheit an den Tag kommt, wenn mein Freund erfährt, welchen Gebrauch ich von seinen Freibillets gemacht habe —

„Darf ich nun um die Namen der Herren bitten," wandte sich der Polizeioffizier an den Dicken. Hätte er sich doch nur zuerst an mich gewandt, dann wäre ich dem furchtbaren Menschen, der mich fortwährend mit gräßlich rollenden Augen mißt, wenigstens entwischt. So wird er früher entlassen als ich.

Natürlich lauert er vor dem Theater auf mich. Kaum daß ich Zeit habe, meine Rosen voller Wut auf die Straße zu schleudern, als er auch schon auf mich losstürmt.

„Herr, an Sie halte ich mich, was soll das alles heißen? Sie —"

„Lassen Sie mich in Ruhe!" schnauze ich ihn an.

„Nein, ich will Aufklärung."

„Die möchte ich selber."

„Herr, ich lasse Sie nicht eher los, bis —"

Mich durchblitzt ein Gedanke, ich sehe nach der Uhr. Um Zehn schließt sie die Bude, es ist noch reichlich Zeit.

„Na, dann kommen Sie mit, Sie sollen Ihre Aufklärung haben!"

Damit springe ich auf die eben heranrollende Pferdebahn, der Dicke natürlich mir nach.

An der Bude lehnt gemütlich der Postassistent, selbstverständlich wieder in Extrauniform mit den knallroten Streifen. Aber das schert mich gar nichts. Mit ein paar gewaltigen Schritten bin ich an der Bude.

„Was haben Sie mit dem Billet gemacht?"

Sie erschrickt doch nicht wenig, als ich so urplötzlich vor ihr auftauche. Aber sie faßt sich sehr schnell.

„Gott, haben Sie mich erschreckt! Was ich mit dem Billet gemacht habe? Da brauchen Sie gar nicht so patzig zu fragen! Ich konnte es nicht gebrauchen, weil meine Freundin mich nicht vertreten konnte, und da habe ich es meinem Vater gegeben."

„Wie kommt's da aber an einen Kellner im Café Bauer?"

Einen Blick warf sie auf den Postassistenten, der kannte offenbar ihre Familienverhältnisse genau.

„Das — das ist ja mein Vater!"

Die Eröffnung kam mir überraschend. Das nannte sie: Beamter in einem Privatinstitut!

„Nanu haben Sie aber jrade jenug mit meine Braut jequasselt," reißt mich der Postbeamte aus meinen Reflexionen.

Ich starre ihn sprachlos an. Meine Braut! Der Bruder von damals! Und darum so viel Selterwasser mit Himbeersaft!

„Haha!" lachte ich dann los. „Also Ihre Braut!"

„Na, was jiebt's benn da zu lachen?" knurrte der glückliche Bräutigam.

„Ach, schönes Fräulein, würden Sie mir ein Glas Selter geben? Ich habe furchtbaren Durst," flötet plötzlich hinter mir mein dicker Gutsbesitzer, der bis dahin als stummer Zuschauer der Entwicklung des Dramas beigewohnt hatte.

„Wünschen Sie vielleicht auch eins?" wandte sich die Schöne an mich, malitiös lächelnd, „zur Abkühlung?"

„Ich danke, adieu!"

Damit schlug ich mich seitwärts in die Büsche — um eine Erfahrung reicher, wie ich mir zu meinem allerdings nicht recht ausreichenden Troste vorphilosophierte.

Wenige Tage darauf bekam ich einen Brief von meinem Freund, in dem er mir mitteilte, er müsse nach dem eigentümlichen Gebrauch, den ich von den letzten Billets gemacht hätte, darauf verzichten, mir je wieder welche zuzuwenden.

Und noch ein paar Tage später erhielt ich ein polizeiliches Strafmandat über zwanzig Mark wegen groben Unfugs u. s. w. Man sieht, meine Erfahrungen häuften sich.

Und ich sollte sogar noch eine Erfahrung machen. Als ich wieder einmal ins Theater ging, diesmal allein und ohne Rosen — wen sehe ich in einer Loge thronen? Meine Dulcinea und den dicken Gutsbesitzer aus der Provinz!

Ende.

Der Theaterarzt und andere Humoresken.

Inhalt.

	Seite
Der Theaterarzt	3
Der neue Mietskontrakt	17
Vergißmeinnicht	30
Montecchi und Capuletti in Berlin	46
Sie lacht	59
Eine Nachtwache	72
Das Freibillet	83